國家圖書館出版品預行編目(CIP)資料

說出好中文 / 樂大維編著. -- 初版. --

新北市 : 智寬文化, 2015.08

面 ; 公分. -- (外語學習系列 ; A012)

ISBN 978-986-92111-0-9(平裝)

1.漢語 2.讀本

802.86   104014815

U0082572

外語學習系列 A012

說出好中文（附QR Code）

2024年7月　初版第9刷

音檔請擇一下載

下載點A　　　　下載點B

編著者	樂大維
錄音者	常青
審訂者	Frank Graziani，刘祎，岡井将之，石橋佳奈
封面插圖	Designed by Freepik.com
出版者	智寬文化事業有限公司
地址	235新北市中和區中山路二段409號5樓
E-mail	john620220@hotmail.com
郵政劃撥・戶名	50173486・智寬文化事業有限公司
電話	02-77312238・02-82215078
傳真	02-82215075
印刷者	永光彩色印刷股份有限公司
排版者	菩薩蠻數位文化有限公司
總經銷	紅螞蟻圖書有限公司
地址	台北市內湖區舊宗路二段121巷19號
電話	02-27953656
傳真	02-27954100
定價	新台幣400元

注音符號與漢語拼音
Zhuyin Fuhao and Hanyu Pinyin
注音符号とピンイン

聲母 Initials 子音			
ㄅ	b	ㄐ	j
ㄆ	p	ㄑ	q
ㄇ	m	ㄒ	x
ㄈ	f	ㄓ	zh(i)
ㄉ	d	ㄔ	ch(i)
ㄊ	t	ㄕ	sh(i)
ㄋ	n	ㄖ	r(i)
ㄌ	l	ㄗ	z(i)
ㄍ	g	ㄘ	c(i)
ㄎ	k	ㄙ	s(i)
ㄏ	h		

韻母 Finals 母音			
ㄚ	a	一ㄚ	ya,-ia
ㄛ	o	一ㄝ	ye,-ie
ㄜ	e	一ㄠ	yao,-iao
ㄝ	ê	一ㄡ	you,-iu
ㄞ	ai	一ㄢ	yan,-ian
ㄟ	ei	一ㄣ	yin,-in
ㄠ	ao	一ㄤ	yang,-iang
ㄡ	ou	一ㄥ	ying,-ing
ㄢ	an	ㄨㄚ	wa,-ua
ㄣ	en	ㄨㄛ	wo,-uo
ㄤ	ang	ㄨㄞ	wai,-uai
ㄥ	eng	ㄨㄟ	wei,-ui
ㄦ	er	ㄨㄢ	wan,-uan
一	yi,-i	ㄨㄣ	wen,-un
ㄨ	wu,-u	ㄨㄤ	wang,-uang
ㄩ	yu,-u/ü	ㄨㄥ	weng,-ong
		ㄩㄝ	yue,-üe
		ㄩㄢ	yuan,-üan
		ㄩㄣ	yun,-ün
		ㄩㄥ	yong,-iong

聲調　Tones　声調					
	第一聲 First Tone 第一声	第二聲 Second Tone 第二声	第三聲 Third Tone 第三声	第四聲 Fourth Tone 第四声	輕聲 Neutral Tone 軽声
臺灣華語 Mandarin in Taiwan 台湾の 中国語		ˊ	ˇ	ˋ	˙
	ㄕ ㄤ	ㄌ ㄧˊ	ㄆ ㄠˇ	ㄑ ㄩˋ	ㄉ˙ ㄜ
普通話 Mandarin in China 中国本土 の中国語	ˉ	ˊ	ˇ	ˋ	
	shāng	lí	pǎo	qù	de

正體字與簡體字
Original Characters and Simplified Characters
正体字と簡体字

文字　Characters　文字	
臺灣華語 Mandarin in Taiwan 台湾の中国語	普通話 Mandarin in China 中国本土の中国語
繁體字 / 正體字 Traditional Characters / Original Characters 繁体字 / 正体字	簡體字 Simplified Characters 簡体字
身體 body 体	身体 body 体

目次
Table of Contents

Chapter 1

Chapter 2

Chapter 3

Chapter 4

Chapter 5

符號說明
Explanation of Symbols

符號 **Symbols** 記号	臺灣華語 **Mandarin in Taiwan** 台湾の中国語	普通話 **Mandarin in China** 中国本土の中国語	英文翻譯 **English Translation** 英語訳	日文翻譯 **Japanese Translation** 日本語訳
=	相同	相同	identical	同等
※	補充	补充	supplementary	補足
【 】	說明	说明	description	説明
➡	替換	替换	replaceable	言い換え
（ ）	可省略	可省略	apostrophe	省略可
字	字典讀音	字典读音	prescribed pronunciation	辞典に掲載されている発音
口	口語讀音	口语读音	descriptive pronunciation	会話で使用されている発音

Chapter 1

生活 生活

Daily Life

生活

第1課

基本用語 基本用语
Basic Expressions
基本用語

A1

哈囉。
哈啰。
hā luó

Hello.
ハロー。

A2

嗨。
嗨。
hāi

Hi.
ハイ。

A3

你好。
你好。
nǐ hǎo

Hello.
こんにちは。

A4

您好。
您好。
nín hǎo

Hello.
こんにちは。
※您：polite
※您：丁寧語

A5

早（安）。

早上好。

zǎo (ān)

(zǎo shang hǎo)

Good morning.

おはようございます。

A6

午安。

午安。

wǔ ān

Good afternoon.

こんにちは。

A7

晚安。

晚安。

wǎn ān

Good night.

お休みなさい。

A8

不好意思，請問一下……

不好意思，请问一下……

bù hǎo yì si qǐng wèn yí xià

Excuse me. May I ask......

すみません、お尋ねしますが……

A9

好久不見。

好久不见。

hǎo jiǔ bú jiàn

Long time no see.

お久しぶりです。

A10

拜拜。
拜拜。
bài bai

Bye-bye.
バイバイ。
字 bài bai
口 bye-bye

A11

再見。
再见。
zài jiàn

Good bye.
さようなら。

A12

明天見。
明天见。
míng tiān jiàn

See you tomorrow.
また明日。

A13

改天見。
改天见。
gǎi tiān jiàn

See you around.
また会いましょう。

A14

你吃了嗎?
你吃了吗?
nǐ chī le ma

Have you eaten?
ご飯を食べましたか?
※Some people say hello like that.
※挨拶語に使う人もいます。

B14-1

我ㄨㄛˇ吃ㄔ了ㄌㄜ。

我吃了。

wǒ chī le

(Yes,) I have.

食べました。

B14-2

我ㄨㄛˇ還ㄏㄞˊ沒ㄇㄟˊ吃ㄔ。

我还没吃。

wǒ hái méi chī

(No,) not yet.

食べていません。

A15

你ㄋㄧˇ去ㄑㄩˋ哪ㄋㄚˇ裡ㄌㄧˇ？

你去哪里?

nǐ qù nǎ lǐ

(nǐ qù nǎ li)

Where are you going?

どこに行きますか？

B15-1

我ㄨㄛˇ出ㄔㄨ去ㄑㄩˋ一ㄧ下ㄒㄧㄚˋ。

我出去一下。

wǒ chū qù yí xià

I'll be back soon.

ちょっと出かけます。

B15-2

我ㄨㄛˇ去ㄑㄩˋ一ㄧ趟ㄊㄤˋ學ㄒㄩㄝˊ校ㄒㄧㄠˋ。

我去一趟学校。

wǒ qù yí tàng xué xiào

I'm going to school.

学校に行ってきます。

A16

你ㄋㄧˇ好ㄏㄠˇ嗎ㄇㄚ？

你好吗?

nǐ hǎo ma

How are you?

お元気ですか？

B16-1

我很好。
我很好。
wǒ hěn hǎo

I am fine.
元気です。

B16-2

我還好。
我还好。
wǒ hái hǎo

Not too bad.
まあまあです。

A17

謝謝（你）。
谢谢（你）。
xiè xie (nǐ)

Thank you.
ありがとう（ございます）。

B17-1

不（用）客氣。
不（用）客气。
bú (yòng) kè qì
(bú (yòng) kè qi)

You are welcome.
どういたしまして。

B17-2

【朋友之間】
謝了。 ➡ 啦
【朋友之间】
谢了。 ➡ 啦
xiè le ➡ la

【For friends】
Thanks.
【友達同士】
ありがとう。

註1

不ㄅㄨˊ（用ㄩㄥˋ）謝ㄒㄧㄝˋ。
➡ 沒ㄇㄟˊ事ㄕˋ兒ㄦ
不（用）谢。
➡ 没事儿
bú (yòng) xiè
➡ méi shìr

You are welcome.
どういたしまして。
※Chinese expression
※中国本土の言い方

註2

不ㄅㄨˊ會ㄏㄨㄟˋ。
不会。
bú huì

You are welcome.
どういたしまして。
※Taiwanese expression
※台湾の言い方

A18

對ㄉㄨㄟˋ不ㄅㄨˋ起ㄑㄧˇ。
对不起。
duì bu qǐ

I am sorry.
すみません。

B18

沒ㄇㄟˊ關ㄍㄨㄢ係ㄒㄧˋ。
没关系。
méi guān xi

Don't mention it.
大丈夫です。
字 méi guān xi
口 méi guān xī

第 2 課

自我介紹 自我介绍
Self Introduction
自己紹介

A1

您ㄋㄧㄣˊ貴ㄍㄨㄟˋ姓ㄒㄧㄥˋ？ ➡ 你ㄋㄧˇ

您贵姓？ ➡ 你

nín guì xìng ➡ nǐ

What is your family name?

あなたの苗字は何ですか？

B2

敝ㄅㄧˋ姓ㄒㄧㄥˋ陳ㄔㄣˊ。 ➡ 我ㄨㄛˇ

敝姓陈。 ➡ 我

bì xìng chén ➡ wǒ

It's Chen.

陳と申します。

※「您」and「敝」are polite forms.

※「您」と「敝」は丁寧な言い方です。

A2

你ㄋㄧˇ叫ㄐㄧㄠˋ什ㄕㄣˊ麼ㄇㄜ˙名ㄇㄧㄥˊ字ㄗˋ？

你叫什么名字?

nǐ jiào shén me míng zi

What is your name?

あなたの名前は何ですか？

※ 什ㄕㄣˊ麼ㄇㄜ˙：shén me ＝
什ㄕㄜˊ麼ㄇㄜ˙：shé me

B2

我叫樂大維。
我叫乐大维。
wǒ jiào yuè dà wéi

My name is Yue Dawei.
樂大維といいます。

A3

「維」是哪一個維？
「维」是哪一个维？
wéi shì nǎ yí ge wéi

"Wei" is written with which character?
「維」はどういう字ですか？

B3

「維」他命的「維」。
「维」他命的「维」。
wéi tā mìng de wéi

"Wei" as in the word vitamin.
「維」他命（ビタミン）の「維」です。

A4

你的名字怎麼寫？
你的名字怎么写？
nǐ de míng zi zěn me xiě

How do you write your name?
あなたの名前はどのように書きますか？

B4

這樣寫。
这样写。
zhè yàng xiě

Like this.
こう書きます。

A5

您怎麼稱呼？
您怎么称呼？
nín zěn me chēng hū

What should I call you?
あなたをどのように呼べばいいですか？

B5

叫我大維就可以了。

叫我大维就可以了。

jiào wǒ dà wéi jiù kě yǐ le

Please call me "Dawei".

大維と呼べばいいです。

A6

幸會幸會，很高興認識你。

幸会幸会，很高兴认识你。

xìng huì xìng huì hěn gāo xìng rèn shi nǐ

It's pleasure to meet you.

はじめまして、お目にかかれて嬉しいです。

字 認識：rèn shi

口 認識：rèn shì

B6

我也很高興認識你。

我也很高兴认识你。

wǒ yě hěn gāo xìng rèn shi nǐ

I am glad to meet you too.

私もそうです。

A7

久仰大名。

久仰大名。

jiǔ yǎng dà míng

I've heard your name before (but I haven't met you yet).

お名前はかねがね伺っております。

A8

你的名字很好聽。

你的名字很好听。

nǐ de míng zi hěn hǎo tīng

That's a nice name.

良いお名前ですね。

A9

我的名字是<u>我媽媽</u>取的。
➡ 我的老師

我的名字是<u>我妈妈</u>取的。
➡ 我的老师

wǒ de míng zi shì <u>wǒ mā ma</u> qǔ de
➡ wǒ de lǎo shī

<u>My mother</u> gave it to me.
➡ My teacher

私の名前は<u>お母さん</u>が付けたのです。
➡ 私の先生

字 媽媽：mā ma
口 媽媽：mā mā

第 **3** 課

世界各國 世界各国
Countries of the World
世界各国

A1

你是哪國人？
你是哪国人？
nǐ shì nǎ guó rén

What is your nationality?
どの国の方ですか？

B1

我是日本人。
我是日本人。
wǒ shì rì běn rén

I am Japanese.
私は日本人です。

A2

你來臺灣多久了？
你来台湾多久了？
nǐ lái tái wān duō jiǔ le

How long have you been in Taiwan?
台湾に来てどれぐらいですか？
※臺＝台

B2

我來快兩年了。
我来快两年了。
wǒ lái kuài liǎng nián le

I have been here for almost two years.
もうすぐ２年になります。

A3

你以前來過臺灣嗎？

你以前来过台湾吗?

nǐ yǐ qián lái guò tái wān ma

Have you been to Taiwan before?
今まで台湾に来たことがありますか？

B3-1

來過。我三年前來過一次。

来过。我三年前来过一次。

lái guò wǒ sān nián qián lái guò yí cì

Yes, I was here three years ago.
はい、3 年前に来たことがあります。

B3-2

沒來過。這是我第一次來。

没来过。这是我第一次来。

méi lái guò zhè shì wǒ dì yī cì lái

No, this is my first time here.
いいえ、今回が初めてです。

A4

你住在哪裡？

你住在哪里?

nǐ zhù zài nǎ lǐ
(nǐ zhù zài nǎ li)

Where do you live?
どこに住んでいますか？

B4

我住在南門市場附近。

我住在南门市场附近。

wǒ zhù zài nán mén shì chǎng fù jìn

I live near the Nanmen Market.
南門市場の近くに住んでいます。

A5

我的臺灣朋友都很親切。

我的台湾朋友都很亲切。

wǒ de tái wān péng yǒu dōu hěn qīn qiè

(wǒ de tái wān péng you dōu hěn qīn qiè)

All my Taiwanese friends are kind.
私の台湾人の友達はみんな親切です。

A6

臺灣好吃的東西很多。

台湾好吃的东西很多。

tái wān hǎo chī de dōng xi hěn duō

There are many delicious foods in Taiwan.
台湾には美味しいものがいっぱいあります。

字 東西：dōngxi

口 東西：dōngxī

家庭成員 家庭成员
Family Members
家族構成

A1

你家有幾個人？
你家有几口人?
nǐ jiā yǒu jǐ ge rén
(nǐ jiā yǒu jǐ kǒu rén)

How many people are in your family?
何人家族ですか？

B1

四個人，有我爸媽、姐姐和我。
四口人，有我爸妈、姐姐和我。
sì ge rén yǒu wǒ bà mā jiě jie hé wǒ
(sì kǒu rén yǒu wǒ bà mā jiě jie hé wǒ)

There are four people, my father, mother, older sister, and me.
4人です。両親と姉、私です。

A2

你爸爸是做什麼的？
你爸爸是做什么的?
nǐ bà ba shì zuò shén me de

What does your father do?
お父さんのお仕事は何ですか？

B2

我爸爸是公務員。
我爸爸是公务员。
wǒ bà ba shì gōng wù yuán

My father is a government employee.
父は公務員です。

A3

你有兄弟姐妹嗎？
你有兄弟姐妹吗?
nǐ yǒu xiōng dì jiě mèi ma

Do you have any siblings?
兄弟がいますか？

B3-1

有，我有一個妹妹。
有，我有一个妹妹。
yǒu wǒ yǒu yí ge mèi mei

Yes, I have one younger sister.
はい、妹が一人います。

B3-2

沒有。
没有。
méi yǒu

(No,) I don't.
(いえ、)いません。

A4

你妹妹多大了？
你妹妹多大了?
nǐ mèi mei duō dà le

How old is your younger sister?
妹さんはおいくつですか？

B4

我妹還在讀小學。
我妹还在读小学。
wǒ mèi hái zài dú xiǎo xué

My younger sister is in elementary school.
妹はまだ小学校に通っています。

A5

我们兄弟姐妹感情都很好。

wǒ men xiōng dì jiě mèi gǎn qíng dōu hěn hǎo

My siblings and I get along well.
私たち兄弟は仲がいいです。
字　我們：wǒ men
口　我們：wǒ mén

A6

我是獨生子。
➡ 獨生女
我是独生子。
➡ 独生女
wǒ shì dú shēng zǐ
➡ dú shēng nǚ

I am an only child【male】.
➡ only child【female】
私は一人っ子です。
➡ 一人娘

A7

我（們）家是個大家庭。
我（们）家是个大家庭。
wǒ (men) jiā shì ge dà jiā tíng

I have a big family.
家は大家族です。

A8

我爸媽暑假要来看我。
我爸妈暑假要来看我。
wǒ bà mā shǔ jià yào lái kàn wǒ

My father and mother are going to visit me during summer vacation.
両親は夏休みに私に会いに来ます。

第5課

家具用品 家具用品
Furniture and Goods
家具用品

A1

這裡有書桌嗎？
这里有书桌吗?
zhè lǐ yǒu shū zhuō ma

Do you have desks here?
ここに机がありますか？

A2

我想買這個。
我想买这个。
wǒ xiǎng mǎi zhè ge

I would like to buy this one.
これが欲しいです。

A3

我可以單買這個嗎？
我可以单买这个吗?
wǒ kě yǐ dān mǎi zhè ge ma

Can I buy only this?
これだけでも買えますか？

A4

能让我试躺一下吗？

能让我试躺一下吗？

néng ràng wǒ shì tǎng yí xià ma

May I try the bed?

横になってみてもいいですか？

A5

可以借我一下皮尺吗？

可以借我一下皮尺吗？

kě yǐ jiè wǒ yí xià pí chǐ ma

Could I borrow the tape-measure?

メジャーを貸してもらえますか？

A6

可以帮我送到家吗？

可以帮我送到家吗？

kě yǐ bāng wǒ sòng dào jiā ma

Can you deliver this to my house?

家まで配送してもらえますか？

A7

运费要多少钱？

运费要多少钱？

yùn fèi yào duō shǎo qián

How much is the delivery cost?

送料はいくらですか？

A8

這個有再小一點的嗎？
➡ 大
这个有再小一点的吗?
➡ 大
zhè ge yǒu zài xiǎo yì diǎn de ma
➡ dà

Is there a smaller one?
➡ bigger
これ、もっと小さいのはありますか？
➡ 大きい

A9

【指著傳單】
這個我可以拿嗎？
【指着传单】
这个我可以拿吗?
zhè ge wǒ kě yǐ ná ma

【Pointing to the leaflet】
Can I take this?
【チラシを指して】
これ、もらってもいいですか？

A10

【不買時】
我再考慮一下。
謝謝你。
【不买时】
我再考虑一下。谢谢你。
wǒ zài kǎo lǜ yí xià xiè xie nǐ

【Not buying】
I need to think about it. Thank you.
【購入しない場合】
ちょっと考えておきます。ありがとうございます。

公共場所 公共场所
Public Places
公共の場

A1

這附近有超市嗎？

这附近有超市吗?

zhè fù jìn yǒu chāo shì ma

Is there a supermarket around here?

この近くにはスーパーがありますか？

A2

這附近是不是有一家臺灣銀行？

这附近是不是有一家台湾银行?

zhè fù jìn shì bú shì yǒu yì jiā tái wān yín háng

(zhè fù jìn shì bu shì yǒu yì jiā tái wān yín háng)

Is there a bank called the Bank of Taiwan around here?

この近くに台湾銀行がありませんか？

A3

最近的便利商店在哪裡？

最近的便利店在哪里?

zuì jìn de biàn lì shāng diàn zài nǎ lǐ

(zuì jìn de biàn lì diàn zài nǎ lǐ)

Where is the nearest convenience store?

最も近いコンビニはどこですか？

A4

前面有醫院嗎？

前面有医院吗?

qián miàn yǒu yī yuàn ma

Is there a hospital ahead?

この先に病院がありますか？

A5

從這裡走過去很遠嗎？

从这里走过去很远吗?

cóng zhè lǐ zǒu guò qù hěn yuǎn ma

Is it far to walk from here?

ここから歩くと遠いですか？

A6

101 大樓是往這個方向嗎？

101 大楼是往这个方向吗?

yī líng yī dà lóu shì wǎng zhè ge
fāng xiàng ma

(yāo líng yāo dà lóu shì wǎng zhè
ge fāng xiàng ma)

Is this the right way to get to Taipei
101?

101 へはこの方向ですか？

A7

台北車站怎麼走？

台北车站怎么走?

tái běi chē zhàn zěn me zǒu

How do I get to Taipei Train
Station?

台北駅にどう行けばいいです
か？

A8

您知道警察局該怎麼走嗎？

您知道警察局该怎么走吗?

nín zhī dào jǐng chá jú gāi zěn me zǒu ma

Do you know how to get to the police station?

警察署にどのように行くのかご存知ですか？

A9

這條是中正路嗎？

这条是中正路吗?

zhè tiáo shì zhōng zhèng lù ma

Is this road called Zhongzheng Road?

これは中正通りですか？

A10

【指著地圖】

我現在在哪裡？

【指着地图】

我现在在哪里?

wǒ xiàn zài zài nǎ lǐ

(wǒ xiàn zài zài nǎ li)

【Pointing to the map】

Where am I now?

【地図を指して】

私は今どこにいますか？

第 **7** 課

金錢數字 金钱数字
Money and Numbers
金額と数字

A1

你生日（是）幾月幾號？

你生日（是）几月几号？

nǐ shēng rì (shì) jǐ yuè jǐ hào

When is your birthday?

お誕生日は何月何日ですか？

B1

6月11號。

6月11号。

liù yuè shí yī hào

July eleventh.

6 月 11 日です。

A2

你多高？

➡ 你身高多少？

你多高？

➡ 你身高多少？

nǐ duō gāo

➡ nǐ shēn gāo duō shǎo

How tall are you?

身長はどのぐらいですか？

B2

168 公分。

168 公分。

yì bǎi liù shí bā gōng fēn

I am one hundred and sixty-eight centemetres.

168 センチです。

A3

你多重？

➡ 你體重多少？

你多重?

➡ 你体重多少?

nǐ duō zhòng

➡ nǐ tǐ zhòng duō shǎo

How much do you weigh?

体重はどのぐらいですか？

B3-1

62 公斤。

62 公斤。

liù shí èr gōng jīn

I am sixty-two kilograms.

62 キロです。

B3-2

秘密。

秘密。

mì mì

It's a secret.

秘密です。

B3-3

不告訴你。

不告诉你。

bú gào su nǐ

I'm not going to tell you.

教えないです。

字 訴：su

口 訴：sù

B3-4

你ㄋㄧˇ猜ㄘㄞ。
你猜。
nǐ cāi

Guess!
あててみてください。

A4

你ㄋㄧˇ今ㄐㄧㄣ年ㄋㄧㄢˊ多ㄉㄨㄛ大ㄉㄚˋ了ㄌㄜ？
➡ 幾ㄐㄧˇ歲ㄙㄨㄟˋ
你今年多大了?
➡ 几岁
nǐ jīn nián duō dà le
➡ jǐ suì

How old are you this year?
今年はおいくつですか？
➡ 何歳

B4

我ㄨㄛˇ 30 歲ㄙㄨㄟˋ了ㄌㄜ。
我 30 岁了。
wǒ sān shí suì le

I am thirty.
30 歳です。

A5

你ㄋㄧˇ手ㄕㄡˇ機ㄐㄧ號ㄏㄠˋ碼ㄇㄚˇ多ㄉㄨㄛ少ㄕㄠˇ？
你手机号码多少?
nǐ shǒu jī hào mǎ duō shǎo

What is your cell phone number?
あなたの携帯番号は何番です
か？

B5

0920，370，820。
0920，370，820。
líng jiǔ èr líng sān qī líng bā èr
líng

0920-370-820.
0920370820 です。

A6

我昨天小考考了100分。
我昨天小考考了100分。
wǒ zuó tiān xiǎo kǎo kǎo le yì bǎi fēn

I got a perfect score on my quiz yesterday.
昨日小テストは満点を取りました。

B6

你真厲害。
你真厉害。
nǐ zhēn lì hài

You did really well.
すごいですね。

A7

你是哪一年生的？
你是哪年生的?
nǐ shì nǎ yì nián shēng de

Which year were you born?
何年生まれですか？

B7

【台灣說法：民國】
69 年生的。
【大陸說法：西元】
80 年生的。
【台湾说法：民国】
69 年生的。
【大陆说法：公元】
80 年生的。
liù shí jiǔ nián shēng de
bā líng nián shēng de

【Taiwanese expression】
I was born in 69 of the Republic of China.
【Chinese expression】
I was born in 1980.
【台湾の言い方：民国】
69 年生まれです。
【中国本土の言い方：西暦】
80 年生まれです。

A8

【其它的台灣説法】
你ㄋㄧˇ 幾ㄐㄧˇ 年ㄋㄧㄢˊ 次ㄘˋ？
【其它的台湾说法】
你几年次?
nǐ jǐ nián cì

【Other Taiwanese expressions】
Which year were you born?
【他に台湾の言い方】
何年生まれですか？

B8

【其它的台灣説法】
我ㄨㄛˇ 69 年ㄋㄧㄢˊ 次ㄘˋ。
【其它的台湾说法】
我 69 年次。
wǒ liù shí jiǔ nián cì

【Other Taiwanese expressions】
I was born in 69.
【他に台湾の言い方】
69 年生まれです。

A9

【其它的台灣説法】
幾ㄐㄧˇ 年ㄋㄧㄢˊ 幾ㄐㄧˇ 班ㄅㄢ？
【其它的台湾说法】
几年几班?
jǐ nián jǐ bān

【Other Taiwanese expressions】
What year and class number do
you have?
【他に台湾の言い方】
何年何組ですか？

B9

【其它的台灣説法】
6 年ㄋㄧㄢˊ 9 班ㄅㄢ。
【其它的台湾说法】
6 年 9 班。
liù nián jiǔ bān

【Other Taiwanese expressions】
Six-nine.
【他に台湾の言い方】
6 年 9 組です。

天氣說法 天气说法
The Weather
天気の言い方

A1
今天天氣真好。
今天天气真好。
jīn tiān tiān qì zhēn hǎo

It is really good weather today.
今日は天気が良いですね。

A2
今天風好大。
今天风好大。
jīn tiān fēng hǎo dà

The wind is very strong.
今日は風が強いですね。

A3
這幾天熱得不得了。
这几天热得不得了。
zhè jǐ tiān rè de bù dé liǎo

It has been very hot these days.
このところ、暑くてたまりません。

A4

早晚溫差真大。
早晚温差真大。
zǎo wǎn wēn chā zhēn dà

The difference in temperature between day and night is extreme.
朝と夜の気温の差が激しいですね。

A5

天氣預報說明天會下雨。
天气预报说明天会下雨。
tiān qì yù bào shuō míng tiān huì xià yǔ

The weather forecast says it will rain tomorrow.
天気予報では明日雨だそうです。

A6

聽說有颱風要來了。
听说有台风要来了。
tīng shuō yǒu tái fēng yào lái le

I heard a typhoon is coming.
台風が来るそうです。

A7

最近天氣一下冷一下熱。
最近天气一下冷一下热。
zuì jìn tiān qì yí xià lěng yí xià rè

It is sometimes cold and sometimes hot these days.
最近天気寒かったり、暑かったりしています。

A8

希望明天會放晴。
希望明天会放晴。
xī wàng míng tiān huì fàng qíng

Hopefully, it'll be sunny tomorrow.
明日はすっきり晴れればいいです。

A9

明天會變冷，要多穿一點。

明天会变冷，要多穿一点。

míng tiān huì biàn lěng yào duō chuān yì diǎn

It is getting cold tomorrow, put on something warmer.

明日は寒くなるから、もっと着込んでください。

A10

小心不要感冒了。

小心不要感冒了。

xiǎo xīn bú yào gǎn mào le

Take care of yourself. Try not to catch a cold.

風邪を引かないように気をつけてください。

第9課

常用量詞 常用量词
Commonly Used Measure Words
常用的な助数詞

A1

這條項鍊怎麼賣？
这条项链怎么卖?
zhè tiáo xiàng liàn zěn me mài

How much is this necklace?
このネックレスはいくらです
か？

A2

你（的）這台相機好用嗎？
你（的）这台相机好用吗?
nǐ (de) zhè tái xiàng jī hǎo yòng
ma

Is this a good camera?
あなたのこのカメラは使いやす
いですか？

B2-1

好用。
好用。
hǎo yòng

Not bad.
使いやすいです。

B2-2

不太好用。
不太好用。
bú tài hǎo yòng

Not really.
あんまり使いやすくないです。

A3

可以跟你借枝筆嗎？
可以跟你借枝笔吗?
kě yǐ gēn nǐ jiè zhī bǐ ma

May I borrow a pen?
ペンを借りてもいいですか？

A4

我要一包薯條和一杯可樂。
我要一包薯条和一杯可乐。
wǒ yào yì bāo shǔ tiáo hé yì bēi
kě lè

I want one order of french fries and
one Coke.
ポテト一つとコーラ一つください。
※和＝和

A5

你今天這件襯衫很好看。
你今天这件衬衫很好看。
nǐ jīn tiān zhè jiàn chèn shān hěn
hǎo kàn

I like your shirt today.
今日のそのシャツ、すごくお似
合いですね。

A6

那家店離這裡遠嗎？

那家店离这里远吗？

nà jiā diàn lí zhè lǐ yuǎn ma

Is that shop far from here?
その店はここから遠いですか？

A7

這件有別的顏色嗎？

这件有别的颜色吗？

zhè jiàn yǒu bié de yán sè ma

Do you have this sweater in another color?
これの色違いはありますか？

A8

【請對方喝東西時】

喝（一）杯熱咖啡吧！

【请对方喝东西时】

喝（一）杯热咖啡吧!

hē (yì) bēi rè kā fēi ba

【Paying for someone's drink】
Let me treat you to coffee.
【飲み物のご馳走をする場合】
ホットコーヒー、一杯飲みませんか？

A9

【主動借傘給對方時】

這把傘你拿去用吧！

【主动借伞给对方时】

这把伞你拿去用吧!

zhè bǎ sǎn nǐ ná qù yòng ba

【To lend someone an umbrella】
Here, you can borrow this.
【自ら傘を相手に貸す場合】
この傘、使ってください。

Chapter 2

情境 情境
Different Situations
場面

第10課

早餐店 早餐店
Breakfast Shop
朝食の店

A1

我要一個火腿三明治，和中杯熱紅茶，在這裡吃。

我要一个火腿三明治，和中杯热红茶，在这里吃。

wǒ yào yí ge huǒ tuǐ sān míng zhì hé zhōng bēi rè hóng chá zài zhè lǐ chī

I would like a ham sandwich and a hot tea for here, please.

ハムのサンドイッチとMのホットの紅茶をお願いします。ここで食べます。

A2

我要一個漢堡不加番茄。

我要一个汉堡不加西红柿。

wǒ yào yí ge hàn bǎo bù jiā fān qié

(wǒ yào yí ge hàn bǎo bù jiā xī hóng shì)

I would like a hamburger without tomato.

トマト抜きのハンバーガーをください。

A3

我要一個煎荷包蛋。

我要一个煎荷包蛋。
wǒ yào yí ge jiān hé bāo dàn

I would like a fried egg.
目玉焼きを一つください。

A4

這個我要帶走。
这个我要带走。
zhè ge wǒ yào dài zǒu

This one to go, please.
これ、持ち帰りでお願いします。

A5

冰咖啡不要冰塊。
冰咖啡不要冰块。
bīng kā fē bú yào bīng kuài

I would like an iced coffee without ice, please.
アイスコーヒーは氷なしでお願いします。
※Taiwanese expression：
不要冰塊＝去冰 qù bīng
※台湾の言い方：
不要冰塊＝去冰 qù bīng

A6

你們的咖啡很好喝。

你们的咖啡很好喝。
nǐ men de kā fēi hěn hǎo hē

The coffee here is delicious.
あなたの店のコーヒーは美味しいです。

A7

有今天的報紙嗎？

有今天的报纸吗?

yǒu jīn tiān de bào zhǐ ma

Do you have today's newspaper?

今日の新聞、ありますか？

A8-1

一共多少錢？

一共多少钱?

yí gòng duō shǎo qián

How much is that?

全部でいくらですか？

B8

你吃了什麼？

你吃了什么?

nǐ chī le shén me

What was your order?

何を食べましたか？

A8-2

一個吐司夾蛋和小杯溫奶茶。

一个吐司夹蛋和小杯温奶茶。

yí ge tǔ sī jiá dàn hé xiǎo bēi wēn nǎi chá

Toast with an egg and a small hot tea with milk.

卵入りのトーストとＳのホットミルクティーです。

咖啡店 咖啡店
Coffee Shop
コーヒーショップ

A1

我要兩杯熱拿鐵。
我要两杯热拿铁。
wǒ yào liǎng bēi rè ná tiě

I would like two hot lattes.
ホットのラテ、二つください。

A2

可以再多給我一包糖嗎？
可以再多给我一包糖吗?
kě yǐ zài duō gěi wǒ yì bāo táng ma

Could you give me one more packet of sugar?
砂糖、もう一つもらえませんか？

A3

我剛點的咖啡可以改成大杯的嗎？
我刚点的咖啡可以改成大杯的吗?
wǒ gāng diǎn de kā fēi kě yǐ gǎi chéng dà bēi de ma

May I change the coffee I ordered to a large?
さっき頼んだコーヒーをLに変更してもいいですか？

A4

可以幫我加些冰塊嗎？

可以帮我加些冰块吗?

kě yǐ bāng wǒ jiā xiē bīng kuài ma

Could you add some ice, please?

氷を入れてもらえませんか？

A5

這張優惠券可以用嗎？

这张优惠券可以用吗?

zhè zhāng yōu huì quàn kě yǐ yòng ma

May I use this coupon?

この割引券が使えますか？

A6

這裡有人嗎？

这里有人吗?

zhè lǐ yǒu rén ma

Is this seat taken?

ここ人がいますか？

B6-1

這裡沒人。

这里没人。

zhè lǐ méi rén

This seat isn't taken.

ここ、誰もいません。

B6-2

這裡有人。

这里有人。

zhè lǐ yǒu rén

This seat is taken.

ここ、人がいます。

A7

我可以借張椅子嗎？

我可以借张椅子吗?

wǒ kě yǐ jiè zhāng yǐ zi ma

May I borrow this chair?

椅子を貸してもいいですか？

B7-1

可以啊！

可以啊!

kě yǐ a

It's ok.

いいですよ。

B7-2

不好意思，這裡有人了。

不好意思，这里有人了。

bù hǎo yì si zhè lǐ yǒu rén le

I'm sorry, this seat is taken.

すみません、ここ、人がいます。

第12課

自助餐 自助餐
Buffet
セルフサービス式の食堂

A1

我要這個和那個。
我要这个和那个。
wǒ yào zhè ge hé nà ge

I would like this one and that one.
これとそれをください。

A2

我還要兩個蛋。
我还要两个蛋。
wǒ hái yào liǎng ge dàn

I would like two more eggs.
あと卵を二つください。

A3

可以多給我一個湯匙嗎？
➡ 小碗
可以多给我一个汤匙吗?
➡ 小碗
kě yǐ duō gěi wǒ yí ge tāng chí
ma
➡ xiǎo wǎn

Could you give me two more
spoons?
➡ a small bowl
スプーンをもう一つもらえます
か？
➡ 小さいお碗

A4

這個辣嗎？
这个辣吗？
zhè ge là ma

Is this spicy?
これは辛いですか？

B4-1

有一點辣。
有一点辣。
yǒu yì diǎn là

A little bit spicy.
ちょっと辛いです。

B4-2

完全不辣。
完全不辣。
wán quán bú là

Not at all.
全然辛くないです。

A5

這個有大蒜嗎？
这个有大蒜吗？
zhè ge yǒu dà suàn ma

Is there garlic in this?
これ、にんにくが入っていますか？

A6

這是什麼肉？
这是什么肉？
zhè shì shén me ròu

What kind of meat is this?
これは何の肉ですか？

A7

這個炸過嗎？
这个炸过吗？
zhè ge zhá guò ma

Has this been fried already?
これは揚げものですか？
字 炸：zhá
口 炸：zhà

A8

我要一碗飯。
我要一碗饭。
wǒ yào yì wǎn fàn

I would like steamed rice.
ご飯を一つください。

A9

【指著兩個便當】
請幫我分開裝。
【指着两个便当】
请帮我分开装。
qǐng bāng wǒ fēn kāi zhuāng

【Pointing to two lunch boxes】
Could you please pack them
separately?
【二つの弁当を指して】
別々にしてください。

A10

有餐巾紙嗎？
有餐巾纸吗?
yǒu cān jīn zhǐ ma

Are there any napkins?
紙ナプキンはありますか？

教室 教室
Classroom
教室

A1

這個字可以再寫一遍嗎？

这个字可以再写一遍吗?

zhè ge zì kě yǐ zài xiě yí biàn ma

Could you write this word again?
この字、もう一度書いてもらえませんか？

A2

這個和這個有什麼不同？

这个和这个有什么不同?

zhè ge hé zhè ge yǒu shén me bù tóng

What's the difference between this one and this one?
これとこれはどのように違いますか？

A3

這個字怎麼念？

这个字怎么念?

zhè ge zì zěn me niàn

How do you say this word?
この字、何と読みますか？

A4

這個字還有別的念法嗎？

这个字还有别的念法吗?

zhè ge zì hái yǒu bié de niàn fǎ ma

Does this word have another pronunciation?

この字、他にも発音がありますか？

A5

我這樣寫對不對？

我这样写对不对?

wǒ zhè yàng xiě duì bú duì
(wǒ zhè yàng xiě duì bu duì)

Did I write this correctly?

こう書けば正しいですか？

A6

我明天有事不能來上課。

我明天有事不能来上课。

wǒ míng tiān yǒu shì bù néng lái shàng kè

I am going to be absent because of a engagement tomorrow.

明日用事があるので、学校を休みます。

A7

我忘記帶作業了。

我忘记带作业了。

wǒ wàng jì dài zuò yè le

I forgot to bring my homework.

宿題を持ってくるのを忘れました。

A8

這次你考得不錯。

这次你考得不错。

zhè cì nǐ kǎo de bú cuò

You got a good score this time.

今回、試験がよく出来ています。

B8

謝ㄒㄧㄝ 謝ㄒㄧㄝ 老ㄌㄠ 師ㄕ。
谢谢老师。
xiè xie lǎo shī

Thank you.
ありがとうございます。

A9

可ㄎㄜ 以ㄧ 幫ㄅㄤ 我ㄨㄛ 看ㄎㄢ 一ㄧ 下ㄒㄧㄚ
句ㄐㄩ 子ㄗ 嗎ㄇㄚ ？
可以帮我看一下句子吗?
kě yǐ bāng wǒ kàn yí xià jù zi ma

Could you check my sentences?
この文章を見てもらってもいい
ですか？

第14課

交通工具 交通工具
Public Transportation
交通機関

A1

下車要刷卡嗎？
下车要刷卡吗?
xià chē yào shuā kǎ ma

Do I need to swipe my card again when I get off the bus?
バスを降りる時はカードが必要ですか？

B1-1

不用了。
不用了。
bú yòng le

It's not necessary.
いりません。

B1-2

對，上車下車都要刷。
对，上车下车都要刷。
duì shàng chē xià chē dōu yào shuā

Yes, you should swipe your card again as you get off the bus.
はい、乗る時も降りる時もカードが必要です。

A2

這個車會經過火車站嗎？

这个车会经过火车站吗?

zhè ge chē huì jīng guò huǒ chē zhàn ma

Does this bus stop at the train station?

このバスは駅を通りますか？

A3

這是免費的嗎？

这是免费的吗?

zhè shì miǎn fèi de ma

Is this free?

これは無料ですか？

A4

大安森林公園已經過了嗎？

大安森林公园已经过了吗?

dà ān sēn lín gōng yuán yǐ jīng guò le ma

Did we already pass Taan Forest Park?

大安森林公園はもう過ぎましたか？

A5

到了行天宮可以叫我一下嗎？

到了行天宫可以叫我一下吗?

dào le xíng tiān gōng kě yǐ jiào wǒ yí xià ma

Could you call me when you arrive at Xingtian Temple?

行天宮に着いたら、呼んでもらえませんか？

A6

台大醫院在哪站下比較近？
台大医院在哪站下比较近？
tái dà yī yuàn zài nǎ zhàn xià bǐ jiào jìn

Which stop is closest to National Taiwan University Hospital?
台大病院はどこで降りれば近いですか？

A7

【讓座時】您請坐。
【让座时】您请坐。
nín qǐng zuò

【Giving the seat to someone】
Please sit down.
【席を譲る場合】
どうぞお座りください。

A8

到市政府要多少錢？
到市政府要多少钱？
dào shì zhèng fǔ yào duō shǎo qián

How much is the fare to city hall?
市政府までいくらですか？

A9

到中正紀念堂還要幾站？
到中正纪念堂还要几站？
dào zhōng zhèng jì niàn táng hái yào jǐ zhàn

How many stops until Chiang Kai-Shek Memorial Hall?
中正記念堂まで停留所はいくつありますか？

A10

你的卡掉了。
你的卡掉了。
nǐ de kǎ diào le

You dropped your card.
あなたのカードが落ちました。

銀行 银行
Bank
銀行

A1

我要開戶。
➡ 存錢
我要开户。
➡ 存钱
wǒ yào kāi hù
➡ cún qián

I would like to <u>open a book account</u>.
➡ deposit
<u>口座を開きたい</u>のですが。
➡ 貯金をしたい

A2

匯錢到日本要幾個工作日？
汇钱到日本要几个工作日?
huì qián dào rì běn yào jǐ ge gōng zuò rì

How many days does it take to transfer money to Japan?
日本に送金するのに何日間かかりますか？
※Taiwanese expression：
　日＝天 tiān
※台湾の言い方：
　日＝天 tiān

A3

我今天沒帶印章。
我今天没带印章。
wǒ jīn tiān méi dài yìn zhāng

I didn't bring my seal today.
今日、印鑑を持っていません。

A4

我的存摺用完了。
我的存折用完了。
wǒ de cún zhé yòng wán le

My bankbook is almost full.
通帳記入がいっぱいになりました。

A5

我的信用卡不見了。
➡ 丟
我的信用卡不见了。
➡ 丟
wǒ de xìn yòng kǎ bú jiàn le
➡ diū

I lost my credit card.
クレジットカードはなくなりました。

A6

在松山機場也有分行嗎？
在松山机场也有分行吗?
zài sōng shān jī chǎng yě yǒu fēn háng ma

Is there also a branch near Songshan Airport?
松山空港に支店もありますか？

A7

提款機在哪裡？
➡ ATM
提款机在哪里？ ➡ ATM
tí kuǎn jī zài nǎ lǐ
(tí kuǎn jī zài nǎ li)

Where is the ATM?
ATMはどこですか？

A8

可以給我一個信封嗎？
可以给我一个信封吗？
kě yǐ gěi wǒ yí ge xìn fēng ma

Could you give an envelope?
封筒を一つもらえませんか？

A9

怎麼填這張存款單？
怎么填这张存款单？
zěn me tián zhè zhāng cún kuǎn dān

How do I fill out this form?
この用紙をどのように記入すればいいですか？

A10

怎麼用提款機轉帳？
怎么用提款机转帐？
zěn me yòng tí kuǎn jī zhuǎn zhàng

How do I use the ATM to transfer money?
ATM でどのように振込みをすればいいですか？

A11

在哪裡抽號碼牌？
在哪里取号？
zài nǎ lǐ chōu hào mǎ pái
(zài nǎ li qǔ hào)

Where can I get a number?
どこで番号券を取りますか？

第16課

郵局 邮局
Post Office
郵便局

A1

這個寄平信多少錢？

这个寄平信多少钱?

zhè ge jì píng xìn duō shǎo qián

I would like to send this as ordinary mail. How much is that?
これ、普通郵便でいくらですか？

A2

這封信我想寄印刷品。

这封信我想寄印刷品。

zhè fēng xìn wǒ xiǎng jì yìn shuā pǐn

Please send this letter as printed material.
この手紙、印刷物として送りたいのですが。

A3

我要兩張五塊郵票。

我要两张五块邮票。

wǒ yào liǎng zhāng wǔ kuài yóu piào

Can I have two five dollar stamps?
五元の切手を二枚ください。

A4

東西什麼時候能寄到？

东西什么时候能寄到？

dōng xi shén me shí hòu néng jì dào

(dōng xi shén me shí hou néng jì dào)

When will it arrive?

荷物がいつ頃届きますか？

A5

星期五前能寄得到嗎？

星期五前能寄得到吗？

xīng qí wǔ qián néng jì de dào ma

(xīng qī wǔ qián néng jì de dào ma)

Will it be delivered before Friday?

金曜日までに届きますか？

A6

可以跟你借個膠水嗎？

可以跟你借个胶水吗？

kě yǐ gēn nǐ jiè ge jiāo shuǐ ma

May I borrow the glue?

のりを借りてもいいですか？

A7

我想領包裹。

我想取包裹。

wǒ xiǎng lǐng bāo guǒ

(wǒ xiǎng qǔ bāo guǒ)

I would like this package, please.

小包を受け取りたいのですが。

A8

這張明信片寄到美國要多少錢？
这张明信片寄到美国要多少钱？
zhè zhāng míng xìn piàn jì dào měi guó yào duō shǎo qián

How much is it to send this card to USA?
このハガキをアメリカまで送ればいくらですか？

A9

中山區的郵遞區號是多少？
中山区的邮政编码是多少？
zhōng shān qū de yóu dì qū hào shì duō shǎo
(zhōng shān qū de yóu zhèng biān mǎ shì duō shǎo)

What's the zip code of Zhongshan District?
中山区の郵便番号は何番ですか？

A10-1

這箱衣服我想寄到美國。
这箱衣服我想寄到美国。
zhè xiāng yī fu wǒ xiǎng jì dào měi guó

I would like to send this box of clothes to America.
この服の箱をアメリカまで送りたいのですが。
字 衣服：yī fu
口 衣服：yī fú

B10

要怎麼寄？
要怎么寄？
yào zěn me jì

How would you like to send it?
どうように送りますか？

A10-2

我要寄海運。

➡ 空運

我要寄海运。

➡ 空运

wǒ yào jì hǎi yùn

➡ kōng yùn

By surface mail, please.

➡ air mail

船便でお願いします。

➡ 航空便

第17課

便利商店 便利店
Convenience Store
コンビニ

A1-1

可以換個零錢嗎？
可以换个零钱吗?
kě yǐ huàn ge líng qián ma

Can I change money here?
両替ができますか？

B1

可以。你要怎麼換？
可以。你要怎么换?
kě yǐ nǐ yào zěn me huàn

No problem. How much do you want to change?
いいですよ。どのような両替ですか？

A1-2

我要換 4 個 10 塊，10 個 1 塊。
我要换 4 个 10 块，10 个 1 块。
wǒ yào huàn sì ge shí kuài shí ge yí kuài

I would like four ten coins and ten one coins.
10 元の 4 個と 1 元の 10 個です。

A2

可以教我怎麼用這台<u>傳真機</u>嗎？

➡ <u>影印機</u>

可以教我怎么用这台<u>传真机</u>吗?

➡ <u>复印机</u>

kě yǐ jiāo wǒ zěn me yòng zhè tái <u>chuán zhēn jī</u> ma

➡ <u>yǐng yìn jī (fù yìn jī)</u>

Could you show me how to use the <u>fax machine</u>?

➡ <u>copy machine</u>

<u>ファックス機</u>の使い方を教えてもらえませんか？

➡ <u>コピー機</u>

A3

這個我想要寄宅急便。

这个我想要寄快递。

zhè ge wǒ xiǎng yào jì zhái jí biàn

(zhè ge wǒ xiǎng yào jì kuài dì)

I would like to send this one by delivery service.

これ、宅急便で送りたいのですが。

A4

這裡有牙刷嗎？

这里有牙刷吗?

zhè lǐ yǒu yá shuā ma

Are there any toothbrushes here?

ここは歯ブラシがありますか？

A5

垃圾筒在哪裡？

垃圾筒在哪里?

lè sè tǒng zài nǎ lǐ

(lā jī tǒng zài nǎ li)

Where is the trash can?

ゴミ箱はどこですか？

A6

可以幫我熱一下嗎？

可以帮我热一下吗?

kě yǐ bāng wǒ rè yí xià ma

Could you please heat it up?

ちょっとあたためてもらません
か？

A7

我想繳手機費。

我想缴手机费。

wǒ xiǎng jiǎo shǒu jī fèi

I would like to pay my cellphone
bill.

携帯料金を払いたいのですが。

A8

可以看一下那個禮盒嗎？

可以看一下那个礼盒吗?

kě yǐ kàn yí xià nà ge lǐ hé ma

Could you show me those gift box
sets, please?

あの菓子折り、見てみたいので
すが。

大賣場 大卖场
Hypermarket
大型スーパー

A1

泡麵在哪裡？

方便面在哪里？

pào miàn zài nǎ lǐ

(fāng biàn miàn zài nǎ li)

Where are the instant noodles?

カップラーメンはどこですか？

A2

這台相機保固多久？

这台相机保修多久？

zhè tái xiàng jī bǎo gù duō jiǔ

(zhè tái xiàng jī bǎo xiū duō jiǔ)

How long is the guarantee for this camera?

このカメラの保証期間はどのぐらいですか？

A3

這個有零售的嗎？

这个有零售的吗？

zhè ge yǒu líng shòu de ma

Do you sell this separately?

これ、ばら売りできますか？

A4

這個賣完了嗎？

这个卖完了吗?

zhè ge mài wán le ma

Is this sold out?

これ、売り切れですか？

A5

這個也是買一送一嗎？

这个也是买一送一吗?

zhè ge yě shì mǎi yī sòng yī ma

Is this also buy one get one free?

これも一つ買うと一つおまけですか？

A6

請給我一個大一點的袋子。

请给我一个大一点的袋子。

qǐng gěi wǒ yí ge dà yì diǎn de dài zi

Please give me the bigger bag.

大きめの袋を一つください。

A7

【指著海報】

那個東西還有嗎？

【指着海报】

那个东西还有吗?

nà ge dōng xi hái yǒu ma

【Pointing to the sign】

Do you still have this?

【ポスターを指して】

あの商品はまだありますか？

A8

我想要退貨。
➡ 換貨
我想要退货。
➡ 换货

wǒ xiǎng yào tuì huò
➡ huàn huò

I would like to return this.
➡ exchange
返品したいのですが。
➡ 交換

A9

這裡破了。
➡ 壞
➡ 髒
这里破了。
➡ 坏
➡ 脏

zhè lǐ pò le
➡ huài
➡ zāng

This is torn.
➡ broken
➡ smudged
ここが破れています。
➡ 壊れて
➡ 汚れて

A10

這是發票。
这是发票。
zhè shì fā piào

Here you are, your receipt.
これ、レシートです。

Chapter 3

話題 话题

Topics

話題

假日 假日
Holiday
休日

A1

明天放假你要做什麼？

明天放假你要做什么?

míng tiān fàng jià nǐ yào zuò shén me

What are you doing on your holiday tomorrow?

明日の休み、何をしますか？

B1

我要去圖書館看書。

我要去图书馆看书。

wǒ yào qù tú shū guǎn kàn shū

I am going to study in the library.

図書館へ勉強に行きます。

A2

中秋節要不要一起去烤肉？

中秋节要不要一起去烤肉?

zhōng qiū jié yào bú yào yì qǐ qù kǎo ròu

(zhōng qiū jié yào bu yào yì qǐ qù kǎo ròu)

Shall we go to a barbeque on Sunday?

「中秋節」に一緒にバーベキューに行きませんか？

B2-1

好ㄏㄠˇ啊˙！

好啊!

hǎo a

Ok.

いいですよ。

B2-2

不ㄅㄨˋ好ㄏㄠˇ意ㄧˋ思˙，我ㄨㄛˇ要ㄧㄠˋ打ㄉㄚˇ工ㄍㄨㄥ。

不好意思，我要打工。

bù hǎo yì si wǒ yào dǎ gōng

I'm sorry I have to work.

すみません、バイトがあります。

A3

放ㄈㄤˋ假ㄐㄧㄚˋ的˙時ㄕˊ候ㄏㄡˋ你ㄋㄧˇ都ㄉㄡ做ㄗㄨㄛˋ什ㄕㄣˊ麼˙？

放假的时候你都做什么?

fàng jià de shí hòu nǐ dōu zuò shén me

(fàng jià de shí hou nǐ dōu zuò shén me)

What are you going to do during your vacation?

休みの日に何をしますか？

A4

下ㄒㄧㄚˋ星ㄒㄧㄥ期ㄑㄧˊ天ㄊㄧㄢ我ㄨㄛˇ要ㄧㄠˋ去ㄑㄩˋ花ㄏㄨㄚ蓮ㄌㄧㄢˊ玩ㄨㄢˊ。

下星期天我要去花莲玩。

xià xīng qí tiān wǒ yào qù huā lián wán

(xià xīng qī tiān wǒ yào qù huā lián wán)

I'm going to Halien for fun next week.

来週の日曜日に花蓮へ遊びに行きます。

A5

聽說明天放假，
不用上課。

听说明天放假，不用上课。

tīng shuō míng tiān fàng jià bú
yòng shàng kè

I heard there is no class tomorrow.
明日学校が休みだそうです。

B5

太好了。

太好了。

tài hǎo le

That's great.
良かったです。

A6

母親節快到了。

母亲节快到了。

mǔ qīn jié kuài dào le

Mother's Day is coming.
もうすぐ母の日です。

A7

我昨天去看了龍舟
比賽。

我昨天去看了龙舟比赛。

wǒ zuó tiān qù kàn le lóng zhōu bǐ
sài

I went to watch the dragon boat
race yesterday.
昨日はドラゴンボートレースを
見に行きました。

第20課

語言 语言
Language
言語

A1

你會說幾種語言？

你会说几种语言？

nǐ huì shuō jǐ zhǒng yǔ yán

How many languages can you speak?

何カ国の言葉が出来ますか？

B1

三種。日語、英語和西班牙語。

三种。日语、英语和西班牙语。

sān zhǒng rì yǔ yīng yǔ hé xī bān yá yǔ

Three. Japanese, English, Chinese and Spanish.

三カ国です。日本語、英語とスペイン語です。

A2

你韓語說得真好。

你韩语说得真好。

nǐ hán yǔ shuō de zhēn hǎo

You speak Korean very well.

韓国語が上手ですね。

A3

你是從什麼時候開始學義大利語的？

你是从什么时候开始意大利语学的?

nǐ shì cóng shén me shí hòu kāi shǐ xué yì dà lì yǔ de

When did you start to study Italian?

いつ頃からイタリア語を覚えたのですか？

A4

你會說法語嗎？

你会说法语吗?

nǐ huì shuō fǎ yǔ ma

Can you speak French?

フランス語が話せますか？

字 法語：fǎ yǔ
口 法語：fà yǔ

B4-1

會，但只會說一點點。

会，但只会说一点点。

huì dàn zhǐ huì shuō yì diǎn diǎn

Yes, but only a little.

はい、でも、ちょっとだけです。

B4-2

不會。

不会。

bú huì

I can't.

できません。

A5

你ㄋㄧˇ英ㄧㄥ語ㄩˇ和ㄏㄜˊ德ㄉㄜˊ語ㄩˇ哪ㄋㄚˇ個ㄍㄜˋ比ㄅㄧˇ較ㄐㄧㄠˋ好ㄏㄠˇ？

你英语和德语哪个比较好?

nǐ yīng yǔ hé dé yǔ nǎ ge bǐ jiào hǎo

Are you better at English or German?

英語とドイツ語ととちらが得意ですか？

B5-1

英ㄧㄥ語ㄩˇ吧ㄅㄚ！

英语吧!

yīng yǔ ba

Probably English.

英語かな。

B5-2

英ㄧㄥ語ㄩˇ比ㄅㄧˇ較ㄐㄧㄠˋ好ㄏㄠˇ。

英语比较好。

yīng yǔ bǐ jiào hǎo

My English is better.

英語のほうが得意です。

B5-3

兩ㄌㄧㄤˇ個ㄍㄜˋ都ㄉㄡ差ㄔㄚˋ不ㄅㄨˋ多ㄉㄨㄛ。

两个都差不多。

liǎng ge dōu chà bu duō

The same.

半分半分です。

A6

我ㄨㄛˇ中ㄓㄨㄥ文ㄨㄣˊ說ㄕㄨㄛ得ㄉㄜ還ㄏㄞˊ不ㄅㄨˋ是ㄕˋ很ㄏㄣˇ流ㄌㄧㄡˊ利ㄌㄧˋ。

我中文说得还不是很流利。

wǒ zhōng wén shuō de hái bú shì hěn liú lì

My Chinese speaking isn't so fluent yet.

中国語の会話がまだまだです。

A7

中文是上大學之後才學的。

中文是上大学之后才学的。

zhōng wén shì shàng dà xué zhī hòu cái xué de

After entering university, I started to study Chinese.

中国語の勉強は大学に入ってからしたのです。

A8

你是個語言天才。

你是个语言天才。

nǐ shì ge yǔ yán tiān cái

You are a genius at learning languages.

あなたは言葉の天才です。

A9

你很有學語言的天分。

你很有学语言的天分。

nǐ hěn yǒu xué yǔ yán de tiān fèn

You do have a real talent for learning languages.

語学の勉強の才能がありますね。

第21課

打工 打工
Part-time Job
アルバイト

A1

你ˇ平ㄥˊ常ˊ打ˇ工ㄥ嗎˙?

你平常打工吗?

nǐ píng cháng dǎ gōng ma

Do you have a part-time job?

普段バイトをやっていますか?

B1-1

嗯˙,我ˇ在ㄞˋ打ˇ工ㄥ。

嗯,我在打工。

en wǒ zài dǎ gōng

Yes, I do.

うん、やっています。

B1-2

沒ㄟˊ打ˇ工ㄥ。

没打工。

méi dǎ gōng

(No,) I don't.

(いえ、) やっていません。

A2

你ˇ在ㄞˋ哪ˇ裡ˇ打ˇ工ㄥ?

你在哪里打工?

nǐ zài nǎ lǐ dǎ gōng

(nǐ zài nǎ li dǎ gōng)

Where is your part-time job?

どこでアルバイトしています
か?

B2

我在北投打工。
我在北投打工。
wǒ zài běi tóu dǎ gōng

I work at Beitou.
北投でアルバイトしています。

A3

時薪多少？
时薪多少?
shí xīn duō shǎo

How much is your hourly wage?
時給はいくらですか？

B3

1 小時 120 塊。
1 小时 120 块。
yì xiǎo shí yì bǎi èr shí kuài

One hundred and twenty dollars an hour.
1 時間は 120 元です。

A4

最近打工忙嗎？
最近打工忙吗?
zuì jìn dǎ gōng máng ma

Have you been busy recently at your part-time job?
最近バイトが忙しいですか？

B4-1

有點忙。
有点忙。
yǒu diǎn máng

A little bit.
ちょっと忙しいです。

B4-2

還好。
还好。
hái hǎo

So-so.
そこそこです。

B4-3

不太忙。

不太忙。

bú tài máng

Not really.

あんまり忙しくないです。

A5

一個禮拜你打幾天工？

一个礼拜你打几天工?

yí ge lǐ bài nǐ dǎ jǐ tiān gōng

How many days a weeks do you work?

バイトは週に何回ですか？

B5

一個禮拜兩天。

一个礼拜两天。

yí ge lǐ bài liǎng tiān

Two days a weeks.

週に二回です。

A6

明天你要去打工嗎？

明天你要去打工吗?

míng tiān nǐ yào qù dǎ gōng ma

Do you have work tomorrow ?

明日はバイトですか？

A7

我常和同事練習說中文。

我常和同事练习说中文。

wǒ cháng hé tóng shì liàn xí shuō zhōng wén

I often practice speaking Chinese with my coworkers.

しょっちゅうバイト先の人と中国語の会話を練習しています。

公司 公司
Company
会社

A1

您從事哪一行？

您从事哪一行?

nín cóng shì nǎ yì háng

What's your occupation?

どういったお仕事ですか？

B1

我在銀行工作。

我在银行工作。

wǒ zài yín háng gōng zuò

I work in a bank.

銀行に勤めています。

A2

在現在的公司工作幾年了？

在现在的公司工作几年了?

zài xiàn zài de gōng sī gōng zuò jǐ nián le

How many years have you been working at your present company?

今の会社で何年間働いていますか？

A3

你家離公司近嗎？

你家离公司近吗？

nǐ jiā lí gōng sī jìn ma

Is your house near to your company?

家は会社に近いですか？

B3

嗯，很近。走路只要五分鐘。

嗯，很近。走路只要五分钟。

en hěn jìn zǒu lù zhǐ yào wǔ fēn zhōng

Yes, it is. It only takes five minutes to walk there.

うん、近いです。歩いてたったの五分です。

A4

星期六也要上班嗎？

星期六也要上班吗？

xīng qí liù yě yào shàng bān ma

(xīng qī liù yě yào shàng bān ma)

Do you also work on Saturday?

土曜日も出勤ですか？

A5

平日常加班嗎？

平日常加班吗？

píng rì cháng jiā bān ma

Is there often overtime during the week?

平日しょっちゅう残業ですか？

A6

晚上應酬多不多？
晚上应酬多不多?
wǎn shang yìng chóu duō bù duō
(wǎn shang yìng chóu duō bu duō)

Do you often go to company parties in the evening?
夜の接待が多いですか？
字 晚上：wǎn shang
口 晚上：wǎn shàng

A7

你們公司在國外有分公司嗎？
你们公司在国外有分公司吗?
nǐ men gōng sī zài guó wài yǒu fēn gōng sī ma

Does your company have any overseas branches?
会社は海外にも支店がありますか？

A8

我覺得你很適合這份工作。
我觉得你很适合这份工作。
wǒ jué de nǐ hěn shì hé zhè fèn gōng zuò

I feel you are suitable for this job.
あなたはこの仕事に向いていると思います。

第23課

運動 运动
Sports
スポーツ

A1

你平時運動嗎？
你平时运动吗?
nǐ píng shí yùn dòng ma

Do you like sports?
普段、スポーツをやっています
か？

B1-1

嗯，我平時喜歡打棒球。
嗯，我平时喜欢打棒球。
en wǒ píng shí xǐ huān dǎ bàng qiú
(en wǒ píng shí xǐ huan dǎ bàng qiú)

Yes, I like to play baseball.

はい、野球をやるのが好きで
す。

B1-2

不太運動，因為平時課業很忙。
不太运动，因为平时课业很忙。
bú tài yùn dòng yīn wèi píng shí
kè yè hěn máng

No, because I am usually busy
with school.
いえ、普段学校が忙しいからで
す。

A2

你常運動嗎？
你常运动吗?
nǐ cháng yùn dòng ma

Do you often play sports?
よくスポーツをやっていますか？

B2-1

嗯，我常運動。
嗯，我常运动。
en wǒ cháng yùn dòng

Yes, I do.
うん、よくやっています。

B2-2

我不常運動。
我不常运动。
wǒ bù cháng yùn dòng

(No,) I don't.
（いえ、）あんまりやっていません。

A3

我懶得運動。
我懒得运动。
wǒ lǎn de yùn dòng

I simply cannot bring myself to play sports.
スポーツをする気になれません。

A4

我每個星期都會去打球。
我每个星期都会去打球。
wǒ měi ge xīng qí dōu huì qù dǎ qiú
(wǒ měi ge xīng qī dōu huì qù dǎ qiú)

I play ball every week.
毎週球技をするようにしています。

A5

這個星期六一起去爬山怎麼樣？

这个星期六一起去爬山怎么样?

zhè ge xīng qí liù yì qǐ qù pá shān zěn me yàng

(zhè ge xīng qī liù yì qǐ qù pá shān zěn me yàng)

How about going mountain climbing together next Saturday?

今週の土曜日、一緒に山登りに行きませんか？

A6

我以前是籃球（校）隊的。

我以前是篮球（校）队的。

wǒ yǐ qián shì lán qiú (xiào) duì de

I used to play basketball when I was a student.

昔、学生のとき、バスケ選手でした。

A7

我一個星期去兩次健身房。

我一个星期去两次健身房。

wǒ yí ge xīng qí qù liǎng cì jiàn shēn fáng

(wǒ yí ge xīng qī qù liǎng cì jiàn shēn fáng)

I go to the gym two times a week.

週に二回、ジムに通っています。

A8

我很會打乒乓球。

我很会打乒乓球。

wǒ hěn huì dǎ pīng pāng qiú

I am good at playing table tennis.

卓球が得意です。

生肖 生肖

The Signs of the Zodiac in Chinese Astrology
干支

A1

你ㄋㄧˇ屬ㄕㄨˇ什ㄕㄣˊ麼ㄇㄜ˙？
你属什么？
nǐ shǔ shén me

What's your Chinese astrological sign?
干支は何ですか？

B1

我ㄨㄛˇ屬ㄕㄨˇ雞ㄐㄧ。
我属鸡。
wǒ shǔ jī

I am the year of the Rooster.
とり年です。

A1-1

真ㄓㄣ巧ㄑㄧㄠˇ。我ㄨㄛˇ也ㄧㄝˇ屬ㄕㄨˇ雞ㄐㄧ。
真巧。我也属鸡。
zhēn qiǎo wǒ yě shǔ jī

What a coincidence. I am the year of the Rooster, too.
偶然ですね。私もとり年です。

A2

你ㄋㄧˇ是ㄕˋ屬ㄕㄨˇ蛇ㄕㄜˊ的ㄉㄜ˙嗎ㄇㄚ˙？
你是属蛇的吗？
nǐ shì shǔ shé de ma

Are you the year of the Snake?
あなたは蛇年ですか？

B2-1

是ㄕˋ啊ㄚˊ！
是啊!
shì a

Yes.
そうですね。

B2-2

不ㄅㄨˋ是ㄕˋ，我ㄨㄛˇ屬ㄕㄨˇ馬ㄇㄚˇ。
不是，我属马。
bú shì wǒ shǔ mǎ

No, I am the year of the Horse.
いえ、馬年です。

A3

今ㄐㄧㄣ天ㄊㄧㄢ是ㄕˋ我ㄨㄛˇ的ㄉㄜ生ㄕㄥ日ㄖˋ。
今天是我的生日。
jīn tiān shì wǒ de shēng rì

Today is my birthday.
今日は私の誕生日です。

B3

（祝ㄓㄨˋ你ㄋㄧˇ）生ㄕㄥ日ㄖˋ快ㄎㄨㄞˋ樂ㄌㄜˋ！
（祝你）生日快乐!
(zhù nǐ) shēng rì kuài lè

Happy birthday.
誕生日おめでとうございます。

A4

我ㄨㄛˇ比ㄅㄧˇ你ㄋㄧˇ大ㄉㄚˋ一ㄧ輪ㄌㄨㄣˊ。
我比你大一轮。
wǒ bǐ nǐ dà yì lún

I am older than you by twelve years.
私はあなたより一回り上です。

A5

屬猴的人聽說都很聰明。
属猴的人听说都很聪明。
shǔ hóu de rén tīng shuō dōu hěn cōng míng

I heard that people born in the year of the Monkey are smart.
猿年の人は賢いと言われています。

A6

我和你同年。
我和你同年。
wǒ hé nǐ tóng nián

You and I are the same age.
私はあなたと同い年です。

A7

我有很多屬豬的朋友。
我有很多属猪的朋友。
wǒ yǒu hěn duō shǔ zhū de péng yǒu
(wǒ yǒu hěn duō shǔ zhū de péng you)

I have many friends who were born in the year of the Boar.
イノシシ年の友達がたくさんいます。

第**25**課

星座 星座
Horoscope
星座

A1

你ㄋㄧˇ什ㄕㄣˊ麼ㄇㄜ˙星ㄒㄧㄥ座ㄗㄨㄛˋ？
你什么星座?
nǐ shén me xīng zuò

What's your sign?
あなたは何座ですか？

B1

我ㄨㄛˇ是ㄕˋ雙ㄕㄨㄤ子ㄗˇ座ㄗㄨㄛˋ。
我是双子座。
wǒ shì shuāng zǐ zuò

I am a Gemini.
ふたご座です。

A2

你ㄋㄧˇ看ㄎㄢˋ起ㄑㄧˇ来ㄌㄞˊ不ㄅㄨˋ像ㄒㄧㄤˋ是ㄕˋ
獅ㄕ子ㄗˇ座ㄗㄨㄛˋ的ㄉㄜ˙。
你看起来不像是狮子座的。
nǐ kàn qǐ lái bú xiàng shì shī zi
zuò de

You don't seem like a Leo.
あなたはしし座っぽく見えない
です。

A3

我ㄨㄛˇ和ㄏㄜˊ他ㄊㄚ是ㄕˋ同ㄊㄨㄥˊ一ㄧ個ㄍㄜˋ星ㄒㄧㄥ座ㄗㄨㄛˋ。
我和他是同一个星座。
wǒ hé tā shì tóng yí ge xīng zuò

He and I are the same sign.
私は彼と同じ星座です。

A4

你ㄋㄧˇ信ㄒㄧㄣ不ㄅㄨˋ信ㄒㄧㄣ星ㄒㄧㄥ座ㄗㄨㄛˋ？
你信不信星座?
nǐ xìn bú xìn xīng zuò
(nǐ xìn bu xìn xīng zuò)

Do you believe in horoscopes?
星座、信じていますか？

B4-1

我ㄨㄛˇ信ㄒㄧㄣ。
我信。
wǒ xìn

(Yes,) I do.
（はい、）信じています。

B4-2

我ㄨㄛˇ不ㄅㄨˋ太ㄊㄞˋ信ㄒㄧㄣ。
我不太信。
wǒ bú tài xìn

(No,) I don't.
（いえ、）あんまり信じていません。

A5

我ㄨㄛˇ不ㄅㄨˋ太ㄊㄞˋ迷ㄇㄧˊ星ㄒㄧㄥ座ㄗㄨㄛˋ。
我不太迷星座。
wǒ bú tài mí xīng zuò

I am not interested in horoscopes.
あんまり星座には、はまっていません。

A6

我雙魚座的朋友最多。

我双鱼座的朋友最多。

wǒ shuāng yú zuò de péng yǒu zuì duō

(wǒ shuāng yú zuò de péng you zuì duō)

Most of my friends are Pisces.

うお座の友達が一番多いです。

A7

我和天蠍座的人合不來。

我和天蝎座的人合不来。

wǒ hé tiān xiē zuò de rén hé bù lái

I don't get along well with people who are Scorpios.

私はさそり座の人に馬が合わないです。

A8

我像是水瓶座的嗎？

我像是水瓶座的吗?

wǒ xiàng shì shuǐ píng zuò de ma

Do I seem like an Aquarius?

私はみずがめ座に見えますか？

B8-1

像啊！

像啊!

xiàng a

Yes, you do.

見えますよ。

B8-2

不（太）像。

不（太）像。

bú (tài) xiàng

No, you don't.

（あんまり）見えません。

興趣 兴趣
Hobby
趣味

A1

你的興趣是什麼？
你的兴趣是什么?
nǐ de xìng qù shì shén me

What's your hobby?
趣味は何ですか？

B1

逛逛街、上上網。
逛逛街、上上网。
guàng guang jiē shàng shang wǎng

Window shopping and internet surfing.
街をぶらぶらしたり、ネットをしたりします。

A2

我很喜歡跟朋友去打保齡球。
我很喜欢跟朋友去打保龄球。
wǒ hěn xǐ huān gēn péng yǒu qù dǎ bǎo líng qiú
(wǒ hěn xǐ huan gēn péng you qù dǎ bǎo líng qiú)

I really like to play billiards with friends.
友達とボーリングをするのが大好きです。

A3

我晚上都會去跑步。

我晚上都会去跑步。

wǒ wǎn shang dōu huì qù pǎo bù

I go jogging in my spare time.

毎晩ジョギングしています。

字 晚上：wǎn shang

口 晚上：wǎn shàng

A4

游泳是我最大的興趣。

游泳是我最大的兴趣。

yóu yǒng shì wǒ zuì dà de xìng qù

Swimming is my favorite hobby.

水泳は私の一番好きな趣味です。

A5

你的興趣真廣泛。

你的兴趣真广泛。

nǐ de xìng qù zhēn guǎng fàn

You have a wide range of hobbies.

あなたは多趣味ですね。

A6

我對這個完全沒有興趣。

我对这个完全没有兴趣。

wǒ duì zhè ge wán quán méi yǒu
xìng qù

I am not interested in it at all.

これにはまったく興味はありません。

A7

我對攝影一直都有興趣。

我对摄影一直都有兴趣。

wǒ duì shè yǐng yì zhí dōu yǒu xìng qù

I have been interested in photography for a while.

前から撮影に興味を持っています。

A8

唱歌是他唯一的興趣。

唱歌是他唯一的兴趣。

chàng gē shì tā wéi yī de xìng qù

Singing is his only hobby.

彼は歌以外の趣味がありません。

A9

你唱歌很好聽。

你唱歌很好听。

nǐ chàng gē hěn hǎo tīng

Your voice is nice when you sing.

歌が上手ですね。

A10

我以前參加過網球社。

我以前参加过网球社。

wǒ yǐ qián cān jiā guò wǎng qiú shè

I used to be a member of the tennis club .

昔、テニスの部活に入ったことがあります。

第27課

音樂 音乐
Music
音楽

A1

你都聽什麼樣的音樂？
➡ 誰的歌
你都听什么样的音乐？
➡ 谁的歌
nǐ dōu tīng shén me yàng de yīn yuè
➡ shéi de gē

What kinds of music do you listen to?
➡ Whose songs
どんな音楽を聴いていますか？
➡ 誰の曲

B1

我都聽流行樂。
我都听流行乐。
wǒ dōu tīng liú xíng yuè

I always listen to popular music.
ポップスを聴いています。

A2

你聽日文歌嗎？

➡ 英文歌 ➡ 韓文歌

你听日文歌吗?

➡ 英文歌 ➡ 韩文歌

nǐ tīng rì wén gē ma

➡ yīng wén gē ➡ hán wén gē

Do you listen to Japanese songs?

➡ English songs ➡ Korean songs

日本語の曲を聴いていますか？

➡ 英語の曲 ➡ 韓国語の曲

A3

你喜歡哪個臺灣歌手？

你喜欢哪个台湾歌手?

nǐ xǐ huān nǎ ge tái wān gē shǒu

(nǐ xǐ huan nǎ ge tái wān gē shǒu)

Which Taiwanese singers do you like?

台湾の歌手で誰が好きですか？

A4

你去過他的演唱會嗎？

你去过他的演唱会吗?

nǐ qù guò tā de yǎn chàng huì ma

Have you been to his / her concert?

彼のコンサートに行ったことがありますか？

A5

他的每首歌我都會唱。

他的每首歌我都会唱。

tā de měi shǒu gē wǒ dōu huì chàng

I can sing every song of his.

彼の曲なら何でもできます。

A6

我都是靠中文歌學中文的。

我都是靠中文歌学中文的。

wǒ dōu shì kào zhōng wén gē xué zhōng wén de

I always learn Chinese by listening to Chinese songs.

中国語の歌を聴いて中国語を勉強しています。

A7

下次我們一起去唱 KTV 吧！

下次我们一起去唱 K 吧!

xià cì wǒ men yì qǐ qù chàng KTV ba

(xià cì wǒ men yì qǐ qù chàng K ba)

Let's go sing karaoke together next time.

今度一緒にカラオケに行きましょう。

A8

我唱歌五音不全。

我唱歌五音不全。

wǒ chàng gē wǔ yīn bù quán

I am tone-deaf.

私は音痴です。

A9

最近有什麼好聽的中文歌嗎？

最近有什么好听的中文歌吗?

zuì jìn yǒu shén me hǎo tīng de zhōng wén gē ma

Are there any good Chinese songs these days?

最近、何か良い中国語の歌ありますか？

Chapter 4

場合 场合

Occasions

場合

第28課

房屋仲介 房屋中介
Rental Office
不動産屋

A1

我想要在臺灣大學附近租房子。

我想要在台湾大学附近租房子。

wǒ xiǎng yào zài tái wān dà xué fù jìn zū fáng zi

I would like to rent a house near National Taiwan Normal University?

台湾大学の近くで部屋を探しているのですが。

A2

【指著傳單】
我想看這一間。

【指着传单】
我想看这一间。

wǒ xiǎng kàn zhè yì jiān

【Pointing to the leaflet】
I would like to take a look at this one.

【チラシを指して】
これを見てみたいのですが。

A3

我的預算差不多在 1 萬以內。

我的预算差不多在 1 万以内。

wǒ de yù suàn chà bu duō zài yí wàn yǐ nèi

My budget is up to ten thousand dollars.

予算は大体一万元までを考えています。

A4

房子離學校越近越好。

房子离学校越近越好。

fáng zi lí xué xiào yuè jìn yuè hǎo

The closer the house is to the school, the better.

物件は学校に近ければ近いほど良いです。

A5

我可以明天去看房子嗎？

我可以明天去看房子吗?

wǒ kě yǐ míng tiān qù kàn fáng zi ma

Can I go to see the house tomorrow?

明日、物件を見に行っても良いですか？

A6

我明天中午以後都有空。

我明天中午以后都有空。

wǒ míng tiān zhōng wǔ yǐ hòu dōu yǒu kòng

I am available tomorrow after noon.

明日の午後以降、時間が空いています。

A7

這附近有超市嗎？

这附近有超市吗?

zhè fù jìn yǒu chāo shì ma

Are there any supermarkets nearby?

この近くに、スーパーはありますか？

A8

這一帶晚上安静嗎？

这一带晚上安静吗?

zhè yí dài wǎn shang ān jìng ma

Is it quiet around here?

このあたり、夜は静かですか？

A9

我可以把合約帶回去看嗎？

我可以把合约带回去看吗?

wǒ kě yǐ bǎ hé yuē dài huí qù kàn ma

Can I bring the contract home to read?

契約書を見たいので持ち帰っていいですか？

A10

可以只租半年嗎？

可以只租半年吗?

kě yǐ zhǐ zū bàn nián ma

Can I rent it for only a half year?

半年だけの契約で借りられますか？

網咖　网吧
Net Cafe
ネットカフェ

A1

我想要上網。
➡ 看漫畫
我想要上网。
➡ 看漫画
wǒ xiǎng yào shàng wǎng
➡ kàn màn huà

I would like to use the internet.
➡ read the comics
ネットを使いたいのですが。
➡ 漫画を見たい

A2

您有會員卡嗎？
您有会员卡吗?
nín yǒu huì yuán kǎ ma

Do you have a membership card?
会員カードをお持ちですか？

B2-1

有，在這裡。
有，在这里。
yǒu zài zhè lǐ

Yes, here you are.
はい、これです。

B2-2

沒有，我第一次來。

没有，我第一次来。

méi yǒu wǒ dì yī cì lái

No, it's my first time here.
いえ、初めてです。

A3

您要辦會員卡嗎？

您要办会员卡吗?

nín yào bàn huì yuán kǎ ma

Would you like to make a membership card?
会員カードをお作り致しますか？

B3-1

好啊！

好啊!

hǎo a

Yes, I would.
お願いします。

B3-2

不用了。

不用了。

bú yòng le

No, I wouldn't.
結構です。

A4

辦會員卡需要會費嗎？

办会员卡需要会费吗?

bàn huì yuán kǎ xū yào huì fèi ma

Is there a fee for the membership card?
会員カードに会費は必要ですか？

A5

這台電腦有點奇怪。

这台电脑有点奇怪。

zhè tái diàn nǎo yǒu diǎn qí guài

There is something strange with this computer.

このパソコン、ちょっとおかしいです。

A6

不好意思，我要結帳。

不好意思，我要结帐。

bù hǎo yì si wǒ yào jié zhàng

May I have the bill, please ?

すみません、お会計をお願いします。

B6-1

一共是 100 塊。

一共是 100 块。

yí gòng shì yì bǎi kuài

The total is one hundred.

合計で 100 元です。

B6-2

收您 500，找您 400。謝謝光臨。

收您 500，找您 400。谢谢光临。

shōu nín wǔ bǎi zhǎo nín sì bǎi xiè xie guāng lín

Here is five hundred. Four hundred is your change. Come again.

500 元お預かりします。400 元のお釣りです。ありがとうございます。

第30課

服飾店 服饰店
Clothes Shop
服屋

A1

歡迎光臨。要不要進來看一下？

欢迎光临。要不要进来看一下?

huān yíng guāng lín

yào bú yào jìn lái kàn yí xià

(yào bu yào jìn lái kàn yí xià)

Welcome. Would you like to come in and take a look?

いらっしゃいませ。どうぞご覧ください。

B1-1

好，謝謝。我看一下。

好，谢谢。我看一下。

hǎo xiè xie wǒ kàn yí xià

Yes, thanks. Just a look.

はい、ありがとう。見てみます。

B1-2

不用了，謝謝。

不用了，谢谢。

bú yòng le xiè xie

No, thanks.

結構です。ありがとう。

A2

這個可以試穿嗎？

这个可以试穿吗？

zhè ge kě yǐ shì chuān ma

May I try it on?

これ、試着してもいいですか？

A3

試衣間在哪裡？

➡ 鏡子

试衣间在哪里？

➡ 镜子

shì yī jiān zài nǎ lǐ

(shì yī jiān zài nǎ li)

➡ jìng zi

Where is the fitting room?

➡ mirror

試着室はどこですか？

➡ 鏡

A4

衣服穿起來怎麼樣？

衣服穿起来怎么样？

yī fu chuān qǐ lái zěn me yàng

How does it fit?

服はいかがでしょうか？

字 衣服：yī fu

口 衣服：yī fú

B4-1

我覺得還不錯。

我觉得还不错。

wǒ jué de hái bú cuò

It fits well.

なかなか良いと思います。

B4-2

我覺得還好。

我觉得还好。

wǒ jué de hái hǎo

It fits alright.

まあまあだと思います。

A5

這雙鞋有小一號的嗎？

这双鞋有小一号的吗?

zhè shuāng xié yǒu xiǎo yí hào de ma

Are there any shoes smaller than these?

この靴は一個下のサイズがありますか？

A6

我兩隻腳都想試穿一下。

我两只脚都想试穿一下。

wǒ liǎng zhī jiǎo dōu xiǎng shì chuān yí xià

I would like to try on both shoes.

両者ともちょっと試したいです。

A7

【指著標籤】

這是打完折後的價錢嗎？

【指着标签】

这是打完折后的价钱吗?

zhè shì dǎ wán zhé hòu de jià qián ma

【Pointing to the tag】

Is the price discounted?

【値札を指して】

これは値引後の値段ですか？

文具店　文具店
Stationery Shop
文房具屋

A1

可以給我看一下那個嗎？

可以给我看一下那个吗?

kě yǐ gěi wǒ kàn yí xià nà ge ma

Could you show me that one?

ちょっとそれを見せてもらえますか？

A2

可以幫我拿一下那個嗎？

可以帮我拿一下那个吗?

kě yǐ bāng wǒ ná yí xià nà ge ma

Could you take that one for me?

ちょっとそれを取ってもらえますか？

A3

這個可以打開嗎？

这个可以打开吗?

zhè ge kě yǐ dǎ kāi ma

Can I open it to see?

これ、開けてもいいですか？

A4

這個有再大一點的嗎？

这个有再大一点的吗?

zhè ge yǒu zài dà yì diǎn de ma

Is there a bigger one?

これ、もっと大きいのはありますか？

A5

這個有銀色的嗎？

这个有银色的吗?

zhè ge yǒu yín sè de ma

Does it come in silver?

これのシルバーはありますか？

A6

你們有這樣子的鉛筆盒嗎？

你们有这样子的铅笔盒吗?

nǐ men yǒu zhè yàng zi de qiān bǐ hé ma

Are there any pencil cases like this one here?

ここにこのような筆箱はありますか？

A7

賀年卡在幾樓？

贺年卡在几楼?

hè nián kǎ zài jǐ lóu

On which floor are the New Year's cards?

年賀状は何階ですか？

A8

這個可以在樓下結嗎？

这个可以在楼下结吗?

zhè ge kě yǐ zài lóu xià jié ma

Can I pay downstairs?

これ、下の階で会計してもいいですか？

A9

你们一般早上几点开门？

nǐ men yì bān zǎo shang jǐ diǎn kāi mén

What time do you open in the morning?

ここは普段、朝の何時に開店しますか？

字 早上：zǎo shang

口 早上：zǎo shàng

A10

你们一般晚上几点关门？

nǐ men yì bān wǎn shang jǐ diǎn guān mén

What time do you close at night?

ここは普段、夜の何時に閉店しますか？

字 晚上：wǎn shang

口 晚上：wǎn shàng

第32課

診所 诊所
Clinic
クリニック

A1

我要掛號。
我要挂号。
wǒ yào guà hào

I need to see the doctor, please.
診察をお願いします。

A2

你哪裡不舒服？
你哪里不舒服？
nǐ nǎ lǐ bù shū fu
(nǐ nǎ li bù shū fu)

What's wrong?
【直訳：体はどこが悪いのですか？】どうしましたか？
字 舒服：shū fu
口 舒服：shū fú

B2

我好像感冒了。
我好像感冒了。
wǒ hǎo xiàng gǎn mào le

It seems I have caught a cold.
風邪を引いたみたいです。

A3

我眼睛不舒服。
我眼睛不舒服。
wǒ yǎn jīng bù shū fu

My eyes hurt.
目の具合が悪いです。

A4

我全身無力。
我全身无力。
wǒ quán shēn wú lì

I don't have any energy.
全身に力が入りません。

A5

我膝蓋破皮了。
我膝盖破皮了。
wǒ xī gài pò pí le

I cut the skin on my knee.
ひざを擦りむきました。

A6

我這幾天咳個不停。
我这几天咳个不停。
wǒ zhè jǐ tiān ké ge bù tíng

I have had a cough these days.
このところ、咳が止まりません。

A7

我拉肚子拉了兩天了。
我拉肚子拉了两天了。
wǒ lā dù zi lā le liǎng tiān le

I have been suffering from diarrhea for two days.
二日間下痢が続いています。

A8

你對藥物過敏嗎？
你对药物过敏吗?
nǐ duì yào wù guò mǐn ma

Do you have an allergy to any medicines?
あなたは薬を飲んでアレルギー反応を起こしたことがありますか？

B8

嗯，我對這種藥過敏。

嗯，我对这种药过敏。

en wǒ duì zhè zhǒng yào guò mǐn

Yes, I have an allergy to this medicine.

はい、私はこれを飲んだら、アレルギー反応が起きました。

A9

你好好休息。

你好好休息。

nǐ hǎo hǎo xiū xí

Please take care.

よく休んでください。

B9

謝謝。

谢谢。

xiè xie

Thanks.

ありがとう。

手機專賣店 手机专卖店
Cellphone Shop
携帯ショップ

A1

我要買手機。
我要买手机。
wǒ yào mǎi shǒu jī

I would like to buy a cellphone.
携帯を買いたいのですが。

A2

我想看一下 SONY 的手機。
我想看一下 SONY 的手机。
wǒ xiǎng kàn yí xià SONY de shǒu jī

I would like to look at the Sony cellphones.
ソニーの携帯を見てみたいのですが。

A3

這個和那個有什麼不一樣？
这个和那个有什么不一样?
zhè ge hé nà ge yǒu shén me bù yí yàng

What's the different between this one and that one?
これとそれにどのような違いがありますか？

A4

這個是最新款的嗎？

这个是最新款的吗?

zhè ge shì zuì xīn kuǎn de ma

Is this type the newest?

これは最新のものですか？

A5

哪個便宜？

哪个便宜?

nǎ ge pián yi

Which one is cheaper?

どれが安いですか？

字 便宜：pián yi

口 便宜：pián yí

A6

哪一款賣得比較好？

哪一款卖得比较好?

nǎ yì kuǎn mài de bǐ jiào hǎo

Which type is the most popular?

どれがよく売れていますか？

A7

可以幫我介紹一下這款手機嗎？

可以帮我介绍一下这款手机吗?

kě yǐ bāng wǒ jiè shào yí xià zhè kuǎn shǒu jī ma

Could you explain this cellphone to me?

この携帯を紹介してもらえますか？

A8

你們有這款手機的手機殼嗎？

你们有这款手机的手机壳吗?

nǐ men yǒu zhè kuǎn shǒu jī de shǒu jī ké ma

Are there any covers for this cellphone?

ここにこの携帯のカバーはありますか？

A9

我比較喜歡這一款的外型。

我比较喜欢这一款的外型。

wǒ bǐ jiào xǐ huān zhè yì kuǎn de wài xíng

(wǒ bǐ jiào xǐ huan zhè yì kuǎn de wài xíng)

I prefer the look of this cellphone.

これの外見のほうが気に入りました。

A10

不好意思，這款手機已經賣完了。

不好意思，这款手机已经卖完了。

bù hǎo yì si zhè kuǎn shǒu jī yǐ jīng mài wán le

I'm sorry these cellphones are sold out already.

すみませんが、この携帯は売り切れです。

B10

這樣啊！可以幫我調貨嗎？

这样啊！可以帮我调货吗?

zhè yàng a kě yǐ bāng wǒ diào huò ma

I see. Could you order one for me?

そうですか。取り寄せはお願いできますか？

第34課

捷運 地铁
MRT（Mass Rapid Transit）
地下鉄

A1

這張悠遊卡好像不能用。

这张公交卡好像不能用。

zhè zhāng yōu yóu kǎ hǎo xiàng
bù néng yòng

(zhè zhāng gōng jiāo kǎ hǎo xiàng
bù néng yòng)

The EasyCard looks like it's not working.
このEasyCard、使えないみたいです。

A2

我想退卡。

我想退卡。

wǒ xiǎng tuì kǎ

I would like to return this card.
カードを返却したいのですが。

A3

坐到景安站要多久?

坐到景安站要多长时间?

zuò dào jǐng ān zhàn yào duō jiǔ

(zuò dào jǐng ān zhàn yào duō cháng shí jiān)

How long does it take to get to Jingan Station?

景安駅まで時間はどのぐらいかかりますか?

B3-1

不到 10 分鐘。

不到 10 分钟。

bú dào shí fēn zhōng

Less than ten minutes.

10 分かからないです。

B3-2

差不多要 1 個小時。

差不多要 1 个小时。

chà bu duō yào yí ge xiǎo shí

About a half hour.

だいたい 1 時間かかります。

A4

這輛車到劍潭站嗎?

这辆车到剑潭站吗?

zhè liàng chē dào jiàn tán zhàn ma

Is this the line to Jiantan Station?

この電車、劍潭駅に着きますか?

A5

我要補票。

我要补票。

wǒ yào bǔ piào

I would like to pay the difference on my ticket.

精算お願いします。

A6

離郵局最近的是那個出口嗎？

离邮局最近的是那个出口吗?

lí yóu jú zuì jìn de shì nà ge chū kǒu ma

Is this exit the nearest to the post office?

郵便局に一番近い出口はそこですか？

A7

現在幾點了？

现在几点了?

xiàn zài jǐ diǎn le

What time is it?

今は何時ですか？

A8

【有人跌倒時】

沒事吧？

【有人跌倒时】

没事吧?

méi shì ba

【Someone falls down】

Are you ok?

【誰か転んだ場合】

大丈夫ですか？

B8

我沒事，謝謝。

我没事，谢谢。

wǒ méi shì xiè xie

I'm fine, thanks.

大丈夫です。ありがとう。

市場 市场
Market
市場

A1

這一斤多少錢？
这一斤多少钱?
zhè yì jīn duō shǎo qián

How much is it for half a kilogram?
これ、500グラムだといくらですか？

A2

這也是一斤 100 塊嗎？
这也是一斤 100 块吗?
zhè yě shì yì jīn yì bǎi kuài ma

Does this also cost one hundred for half a kilogram?
これも 500グラムで 100元ですか？

A3

這附近有賣水果的嗎？
这附近有卖水果的吗?
zhè fù jìn yǒu mài shuǐ guǒ de ma

Are there any stores where they sell fruit around here?
近くに果物屋さん、ありますか？

A4

你們這裡都賣什麼魚？

你们这里都卖什么鱼?

nǐ men zhè lǐ dōu mài shén me yú

What fish do you sell?

ここではいつも何の魚を売っていますか？

A5

這是進口的嗎？

这是进口的吗?

zhè shì jìn kǒu de ma

Is it imported?

これは輸入品ですか？

A6

這個怎麼這麼貴？

这个怎么这么贵?

zhè ge zěn me zhè me guì

Why is it so expensive?

これはどうしてそんなに高いのですか？

A7

可以算便宜一點嗎？

可以算便宜一点吗?

kě yǐ suàn pián yi yì diǎn ma

Could you lower thc price?

ちょっと安くしてもらえますか？

A8

這個最近好像漲價了。

这个最近好像涨价了。

zhè ge zuì jìn hǎo xiàng zhǎng jià le

I feel like the prices are getting higher lately.

これ、最近高くなった気がします。

A9

多买会便宜吗?
多买会便宜吗?
duō mǎi huì pián yi ma

If I buy more, can you lower the price?
たくさん買えば安くなりますか?

A10

你要袋子吗?
你要袋子吗?
nǐ yào dài zi ma

Do you need a bag?
袋、要りますか？

B10-1

要，谢谢。
要，谢谢。
yào xiè xie

Yes, thanks.
はい、ありがとう。

B10-2

不用了。
不用了。
bú yòng le

No, I don't.
結構です。

第36課

春節 春节
Spring Festival
旧正月

A1

今年過年回國嗎？
今年过年回国吗?
jīn nián guò nián huí guó ma

Will you return to your country during the Spring Festival this year?
今年、旧正月は国へ帰りますか？

B1-1

嗯，我回國一趟。
嗯，我回国一趟。
en wǒ huí guó yí tàng

Yes, I will. Then I'll come back.
はい、帰ります。また戻ってきます。

B1-2

不，我不回國。
不，我不回国。
bù wǒ bù huí guó

No, I won't.
いえ、帰りません。

A2

我除夕要去朋友家。

我除夕要去朋友家。
wǒ chú xì yào qù péng yǒu jiā
(wǒ chú xì yào qù péng you jiā)

I will go to celebrate the Spring Festival at my friend's house on New Year's Eve.
大晦日は友達の家に行きます。

A3

這是我第一次在這裡過年。

这是我第一次在这里过年。
zhè shì wǒ dì yī cì zài zhè lǐ guò nián

This is my first time to celebrate the Spring Festival here.
ここで旧正月を過ごすのは、今回が初めてです。

A4

放鞭炮很好玩。

放鞭炮很好玩。
fàng biān pào hěn hǎo wán

Setting off firecrackers is fun.
爆竹を鳴らすのは楽しいです。

A5

每道菜都很好吃。

每道年菜都很好吃。
měi dào cài dōu hěn hǎo chī

The food is delicious.
どの料理も美味しいです。

A6

你的手藝真好。

你的手艺真好。
nǐ de shǒu yì zhēn hǎo

You're a wonderful cook.
料理が上手ですね。

A7

新年好。 ➡ 快樂

新年好。 ➡ 快乐

xīn nián hǎo ➡ kuài lè

Happy New Year.

明けましておめでとうございます。

A8

恭喜！恭喜！

恭喜！恭喜！

gōng xǐ gōng xǐ

Congratulations!

おめでとうございます！

A9

【開玩笑時】

恭喜發財，紅包拿來。

【开玩笑时】

恭喜发财，红包拿来。

gōng xǐ fā cái hóng bāo ná lái

【Just kidding】

I hope you can make a lot of money and share it with me.

【冗談を言う場合】

お金がいっぱい儲かりますように、お年玉頂戴。

A10

我很喜歡過年的氣氛。

我很喜欢过年的气氛。

wǒ hěn xǐ huān guò nián de qì fēn

(wǒ hěn xǐ huan guò nián de qì fēn)

I enjoy the atmosphere during the Spring Festival.

旧正月の雰囲気がとても好きです。

字 氛：fēn

口 氛：fèn

Chapter 5

娛樂 娱乐
Leisure Time
レジャー

第37課

書店 书店
Bookstore
本屋

A1

不好意思，我要找這本書。

不好意思，我要找这本书。

bù hǎo yì si wǒ yào zhǎo zhè běn shū

Excuse me. I am looking for this book.

すみません、この本を探しているのですが。

A2

這本書什麼時候到貨？

这本书什么时候到货？

zhè běn shū shén me shí hòu dào huò

When will this book arrive?

この本はいつ入荷しますか？

A3

要等多久書才會送到？

要等多久书才会送到？

yào děng duō jiǔ shū cái huì sòng dào

How long will it take until this book arrives?

本が届くまでどのぐらい待ちますか？

A4

這本書還有沒有新的？

这本书还有没有新的?

zhè běn shū hái yǒu méi yǒu xīn de

Do you have a newer copy of this book?

この本、新しいのはあります？

A5

書可以幫我留一下嗎？

书可以帮我留一下吗?

shū kě yǐ bāng wǒ liú yí xià ma

Could you keep the book for me for a while?

ちょっと本を預かってもらえますか？

A6

我明天過去買。

我明天过去买。

wǒ míng tiān guò qù mǎi

I am going to pick it up tomorrow.

明日は買いに行きます。

A7-1

【打電話時】
喂，請問你們有 ABC 這本書嗎？

【打电话时】
喂，请问你们有 ABC 这本书吗?

wéi qǐng wèn nǐ men yǒu ABC zhè běn shū ma

【On the phone】
Excuse me. Do you have a book called ABC?

【電話の場合】
もしもし、お尋ねしますが、そちらに ABC という本ありますか？

B7-1

好，請稍等。我查一下。

好，请稍等。我查一下。

hǎo qǐng shāo děng wǒ chá yí xià

Ok, wait a minute. I am going to check.

はい、少々お待ちください。ちょっと調べてきます。

B7-2

喂，我們店裡還剩兩本。

喂，我们店里还剩两本。

wéi wǒ men diàn lǐ hái shèng liǎng běn

Thank you for waiting, we have only two books left in the store.

もしもし、こちらは、まだ2冊残っています。

A7-2

好，謝謝。

好，谢谢。

hǎo xiè xie

Oh, thank you.

はい、ありがとう。

化妝品專櫃 化妆品专柜
Cosmetics Department
化粧品コーナー

A1

這個防水嗎？

这个防水吗?

zhè ge fáng shuǐ ma

Is it waterproof?

これは汗に強いですか？

A2

現在這個在打折嗎？

现在这个在打折吗?

xiàn zài zhè ge zài dǎ zhé ma

Is there a sale on this now?

今、これセール中ですか？

A3

哪一款適合油性皮膚？

哪一款适合油性皮肤?

nǎ yì kuǎn shì hé yóu xìng pí fū

Which type is suitable for oily skin?

どれが脂性肌に良いですか？

A4

可以試用嗎？

可以试用吗?

kě yǐ shì yòng ma

May I try it on?

試してもいいですか？

A5

我皮膚很容易過敏。

我皮肤很容易过敏。

wǒ pí fū hěn róng yì guò mǐn

My skin is very sensitive.

私の肌は敏感になりがちです。

A6

我平常都是用這個牌子。

我平常都是用这个牌子。

wǒ píng cháng dōu shì yòng zhè ge pái zi

I always use this brand.

日ごろ、このメーカーのものを使っています。

A7

這個擦起來感覺怎麼樣？

这个擦起来感觉怎么样?

zhè ge cā qǐ lái gǎn jué zěn me yàng

How does it feel when you put it on your skin?

これ、塗り心地はどうですか？

A8

您推薦哪一款？

您推荐哪一款?

nín tuī jiàn nǎ yì kuǎn

Which type do you recommend?

どれがオススメですか？

A9

我今天就先買這個。

我今天就先买这个。

wǒ jīn tiān jiù xiān mǎi zhè ge

I'll buy just this one today.

とりあえず今日はこれを買います。

A10

最近電視廣告上播的是這一款嗎？

最近电视广告上播的是这一款吗?

zuì jìn diàn shì guǎng gào shàng bò de shì zhè yì kuǎn ma

Is this the type which has been on TV lately?

最近、テレビのコマーシャルで流しているのはこれですか？

字 播：bò
口 播：bō

第39課

電影院 电影院
Movie Theater
映画館

A1

「007」七點半的這場還有位子嗎？

「007」七点半的这场还有位子吗？

líng líng qī qī diǎn bàn de zhè chǎng hái yǒu wèi zi ma

Are there still seats for the seven-thirty "007"?

「007」の7時半の回はまだ席ありますか？

A2

我要「007」7點10分的學生票一張。

我要「007」7点10分的学生票一张。

wǒ yào líng líng qī qī diǎn shí fēn de xué shēng piào yì zhāng

I would like one student ticket for the seven-ten "007".

「007 スカイフォール」の7時10分の回、学生、1枚ください。

A3

這是我的學生證。

这是我的学生证。

zhè shì wǒ de xué shēng zhèng

Here is my student ID.

これは私の学生証です。

A4

你要哪個位子？

你要哪个位子?

nǐ yào nǎ ge wèi zi

Which seat do you want?

どの席にしますか？

B4

第 7 排的 15 和 16。

第 7 排的 15 和 16。

dì qī pái de shí wǔ hé shí liù

Seat fifteen and sixteen in line seven.

第 7 列の 15 と 16 をお願いします。

A5

我要一份爆米花和兩杯可樂。

我要一份爆米花和两杯可乐。

wǒ yào yí fèn bào mǐ huā hé liǎng bēi kě lè

I want one popcorn and two colas.

ポップコーン一つとコーラ二つでお願いします。

A6

現在可以入場了嗎？

现在可以入场了吗?

xiàn zài kě yǐ rù chǎng le ma

Can we enter now?

今入場できますか？

A7

【朋友哭了時】
你ㄋㄧˇ要ㄧㄠˋ不ㄅㄨˋ要ㄧㄠˋ面ㄇㄧㄢˋ紙ㄓˇ？
【朋友哭了时】
你要不要纸巾？
nǐ yào bú yào miàn zhǐ
(nǐ yào bu yào zhǐ jīn)

【When your friend is crying】
Do you need a tissue?
【友達が泣いた場合】
よかったら、どうぞ。

A8

借ㄐㄧㄝˋ過ㄍㄨㄛˋ一ㄧˊ下ㄒㄧㄚˋ。
借过一下。
jiè guò yí xià

Excuse me.
ちょっと通ります。

A9

洗ㄒㄧˇ手ㄕㄡˇ間ㄐㄧㄢ在ㄗㄞˋ樓ㄌㄡˊ下ㄒㄧㄚˋ嗎ㄇㄚ？
洗手间在楼下吗？
xǐ shǒu jiān zài lóu xià ma

Is the bathroom downstairs?
お手洗いは下の階にあります
か？

A10

這ㄓㄜˋ部ㄅㄨˋ電ㄉㄧㄢˋ影ㄧㄥˇ真ㄓㄣ好ㄏㄠˇ看ㄎㄢˋ。
这部电影真好看。
zhè bù diàn yǐng zhēn hǎo kàn

The movie was really great.
この映画が良かったです。

火鍋 火锅
Hot Pot
鍋料理

A1

你要麻辣鍋還是鴛鴦鍋？

你要麻辣锅还是鸳鸯锅?

nǐ yào má là guō hái shì yuān yāng guō

(nǐ yào má là guō hái shi yuān yāng guō)

Do you prefer a spicy pot or a half spicy pot?

辛い鍋にしますか？それとも二色スープの鍋にしますか？

A2

你能吃辣嗎？

你能吃辣吗?

nǐ néng chī là ma

Do you eat spicy food?

辛いものは食べていますか？

(＝辛いものは大丈夫ですか？)

B2-1

嗯，我很能吃辣。

嗯，我很能吃辣。

en wǒ hěn néng chī là

Yes, I enjoy eating spicy food.

はい、得意です。

B2-2

不，我不太吃辣。

bù wǒ bú tài chī là

No, I don't eat spicy food.
いえ、あんまり食べないです。

A3

不好意思，我要加湯。

bù hǎo yì si, wǒ yào jiā tāng

Excuse me.I would like some soup.
すみません、スープお願いします。

A4

我再去多拿一点青菜。

wǒ zài qù duō ná yì diǎn qīng cài

I will go get some more vegetables.
もっとたくさん野菜を取ってきます。

A5

你还要吃一些豆腐吗?

nǐ hái yào chī yì xiē dòu fu ma

Do you want some tofu?
豆腐をもうちょっと食べますか？

字 腐：fu
口 腐：fǔ

A6

你看到虾了吗?

nǐ kàn dào xiā le ma

Did you see any shrimp?
エビを見ましたか？

A7

【指著自己的嘴巴】
你ㄋㄧˇ這ㄓㄜˋ裡ㄌㄧˇ有ㄧㄡˇ東ㄉㄨㄥ西ㄒㄧ。

【指着自己的嘴巴】
你这里有东西。

nǐ zhè lǐ yǒu dōng xi

【Pointing to your own mouth】
You have something here.

【自分の口を指して】
ここ、何かが付いています。

字 東西：dōng xi
口 東西：dōng xī

A8

我ㄨㄛˇ已ㄧˇ經ㄐㄧㄥ吃ㄔ飽ㄅㄠˇ了ㄌㄜ。
我已经吃饱了。

wǒ yǐ jīng chī bǎo le
(wǒ yǐ jing chī bǎo le)

I'm full.
お腹がいっぱいです。

第41課

旅行 旅行
Traveling
旅行

A1

今晚還有單人房嗎？

今晚还有单人房吗?

jīn wǎn hái yǒu dān rén fáng ma

Do you still have any empty single rooms tonight?

今晚、シングルの部屋はまだありますか？

A2

我要住兩晚。

我要住两晚。

wǒ yào zhù liǎng wǎn

I would like to stay for two nights.

二泊にしたいのですが。

A3

附帶早餐嗎？

附带早餐吗?

fù dài zǎo cān ma

Does it include breakfast?

朝食が付きますか？

A4

這裡可以刷卡嗎？

这里可以刷卡吗?

zhè lǐ kě yǐ shuā kǎ ma

May I use a credit card here?

ここ、クレジットカード使えますか？

A5

我還想多住一晚。
我还想多住一晚。
wǒ hái xiǎng duō zhù yì wǎn

I would like to stay one more night.
もう一泊したいのですが。

A6

有收據嗎？
有收据吗?
yǒu shōu jù ma

May I have the receipt?
領収書はありますか？

A7

這附近有什麼好玩的地方嗎？
这附近有什么好玩的地方吗?
zhè fù jìn yǒu shén me hǎo wán
de dì fāng ma
(zhè fù jìn yǒu shén me hǎo wán
de dì fang ma)

Are there any interesting places nearby?
この近くに何か面白いところが
ありますか？

A8

可以幫我拍張照嗎？
➡ 叫車
可以帮我拍张照吗?
➡ 叫车
kě yǐ bāng wǒ pāi zhāng zhào ma
➡ jiào chē

Could you take a picture for me?
➡ call a taxi
写真を撮ってもらえますか？
➡ タクシーを呼んで

A9

請你把銅像也一起拍進去。

请你把铜像也一起拍进去。

qǐng nǐ bǎ tóng xiàng yě yì qǐ pāi jìn qù

Please include the bronze statue in the picture.

写真に銅像も入れてください。

A10

可以再拍一張嗎？

可以再拍一张吗?

kě yǐ zài pāi yì zhāng ma

Would you please take one more?

もう一枚いいですか？

動物園 动物园
Zoo
動物園

A1

今天真熱啊！
今天真热啊!
jīn tiān zhēn rè a

It's so hot today.
今日は暑いですね。

A2

你累嗎？
你累吗?
nǐ lèi ma

Are you tired?
疲れました？

B2-1

嗯，有點累。
嗯，有点累。
en yǒu diǎn lèi

Yes, I am.
うん、ちょっと疲れました。

B2-2

嗯，還好。
嗯，还好。
en hái hǎo

Yes, a little bit.
うん、まあまあです。

B2-3

不，還不累。
不，还不累。
bù hái bú lèi

No, not yet.
いえ、まだ疲れません。

A3

我們要不要休息一下？
我们要不要休息一下？
wǒ men yào bú yào xiū xí yí xià
(wǒ men yào bu yào xiū xí yí xià)

Shall we take a break?
ちょっと休憩しませんか？

A4

我們先去看大象好不好？
我们先去看大象好不好？
wǒ men xiān qù kàn dà xiàng hǎo
bù hǎo
(wǒ men xiān qù kàn dà xiàng
hǎo bu hǎo)

Shall we go to see the elephants
first?
最初に象を見に行きませんか？

A5

熊貓好可愛。
熊猫好可爱。
xióng māo hǎo kě ài

The panda is so cute.
パンダは可愛いですね。

A6

獅子在睡覺。
獅子在睡觉。
shī zi zài shuì jiào

The lions are sleeping.
ライオンは寝ています。

A7

我想逛一下紀念品店。
我想逛一下纪念品店。
wǒ xiǎng guàng yí xià jì niàn pǐn diàn

I would like to stroll through the souvenir shop.
お土産ショップを回りたいです。

A8

今天的表演真精彩。
今天的表演真精彩。
jīn tiān de biǎo yǎn zhēn jīng cǎi

Today's show was really great.
今日のショー、素晴らしいですね。

A9

這裡的音效真好。
这里的音效真好。
zhè lǐ de yīn xiào zhēn hǎo

The sound here is quite good.
ここは音響がいいですね。

第43課

名著 名著
Masterpieces
名作

A1

我以前讀過西遊記。

我以前读过西游记。

wǒ yǐ qián dú guò xī yóu jì

I have read the JOURNEY TO THE WEST.

昔、西遊記を読んだことがあります。

A2

你怎麼知道這本書？

你怎么知道这本书?

nǐ zěn me zhī dào zhè běn shū

How do you know this book?

どうしてこの本を知っているのですか？

B2

因為以前老師介紹過。

因为以前老师介绍过。

yīn wèi yǐ qián lǎo shī jiè shào guò

My teacher introduced it to us.

先生が紹介してくれたからです。

A3

你讀過這個嗎？

你读过这个吗？

nǐ dú guò zhè ge ma

Have you read it?

これを読んだことがあります
か？

A4

我背首唐詩給你聽
。

我背首唐诗给你听。

wǒ bèi shǒu táng shī gěi nǐ tīng

I'll recite a piece of Tang poetry
for you, please listen.

唐詩を暗記するから聞いてくだ
さい。

A5

你比較喜歡哪一本
書？

你比较喜欢哪一本书？

nǐ bǐ jiào xǐ huān nǎ yì běn shū

(nǐ bǐ jiào xǐ huan nǎ yì běn shū)

Which book do you prefer?

どの本が好きですか？

A6

內容好像很難。

内容好像很难。

nèi róng hǎo xiàng hěn nán

The contents look very difficult.

内容は難しいみたいです。

A7

我會背一些古詩。

我会背一些古诗。

wǒ huì bèi yì xiē gǔ shī

I have memorized some ancient
poetry.

漢詩をいくつか暗記していま
す。

A8

我對臺灣的歷史很有研究。

我对台湾的历史很有研究。

wǒ duì tái wān de lì shǐ hěn yǒu yán jiù

(wǒ duì tái wān de lì shǐ hěn yǒu yán jiū)

I am well informed about the history of Taiwan.

私は台湾の歴史に詳しいです。

A9

我想多讀一些有名的文學作品。

我想多读一些有名的文学作品。

wǒ xiǎng duō dú yì xiē yǒu míng de wén xué zuò pǐn

I would like to read more famous literary works.

ほかにも有名な文学作品を読みたいと思います。

A10

你懂得真多。

你懂得真多。

nǐ dǒng de zhēn duō

You know so much.

物知りですね。

夜市 夜市
Night Market
ナイトマーケット

A1

我們從哪裡逛起好呢？

我们从哪里逛起好呢?

wǒ men cóng nǎ lǐ guàng qǐ hǎo ne

(wǒ men cóng nǎ li guàng qǐ hǎo ne)

Where are we going to begin?
どこから見て回りますか？

A2

如果想逛就去吧！

如果想逛就去吧!

rú guǒ xiǎng guàng jiù qù ba

If there is something you want to see, let's go.
もし見たいなら見に行ってください。

A3

這個好便宜。

这个好便宜。

zhè ge hǎo pián yi

This one is so cheap.
これ安いですね。

A4

你覺得這個好看嗎？

你觉得这个好看吗?

nǐ jué de zhè ge hǎo kàn ma

Do you think this is nice?

これキレイだと思いますか？

B4-1

好看。

好看。

hǎo kàn

It's nice.

キレイです。

B4-2

普通。

普通。

pǔ tōng

It's nothing special.

普通です。

B4-3

怎麼說呢？

怎么说呢?

zěn me shuō ne

What can I say?

どうだろうね。

A5

人排得好長。

人排得好长。

rén pái de hǎo cháng

The line is so long.

人が結構並んでいます。

A6

我想吃這個。

我想吃这个。

wǒ xiǎng chī zhè ge

I would like to try a bite of this one.

これを食べたいです。

A7

你喜歡吃這個嗎？
你喜欢吃这个吗?
nǐ xǐ huān chī zhè ge ma
(nǐ xǐ huan chī zhè ge ma)

Do you like it?
これは好きですか？

B7-1

喜歡。
喜欢。
xǐ huān
(xǐ huan)

(Yes,) I do.
好きです。

B7-2

不太喜歡。
不太喜欢。
bú tài xǐ huān
(bú tài xǐ huan)

(No,) I don't.
あんまり好きじゃないです。

A8

今天人真多。
今天人真多。
jīn tiān rén zhēn duō

There are so many people here today.
今日は人がいっぱいですね。

A9

你嘗嘗。
你尝尝。
nǐ cháng chang

This is for you.
食べてみてください。

字 嘗嘗：cháng chang
口 嘗嘗：cháng cháng

第45課

回國 回国
Leaving Taiwan
帰国

A1

需要幫忙嗎？
需要帮忙吗?
xū yào bāng máng ma

Do you need help?
手伝いましょうか？

B1-1

謝謝。
谢谢。
xiè xie

Thanks.
すみません。

B1-2

沒關係，謝謝。
没关系，谢谢。
méi guān xi xiè xie

Oh, thank you.
いいです。ありがとう。
字 沒關係：méi guān xi
口 沒關係：méi guān xī

A2

這裡面有易碎物。
这里面有易碎物。
zhè lǐ miàn yǒu yì suì wù

There are breakables inside.
この中に割れやすいものが入っています。

A3

這個我要託運。
这个我要托运。
zhè ge wǒ yào tuō yùn

I would like to check in this bag.
これを預けたいです。

A4-1

您的行李超重了。
您的行李超重了。
nín de xíng lǐ chāo zhòng le
(nín de xíng li chāo zhòng le)

Your bag is overweight.
荷物が重量オーバーになっております。

B4-1

多了多少？
多了多少？
duō le duō shǎo

How much is it over?
どのぐらいオーバーしましたか？

A4-2

10 公斤。
10 公斤。
shí gōng jīn

Ten kilograms.
10 キロです。

A5

我想換錢。
我想换钱。
wǒ xiǎng huàn qián

I would like to exchange.
両替したいのですが。

A6

飛機大概會晚多久？
飞机大概会晚多久？
fēi jī dà gài huì wǎn duō jiǔ

How long will the flight be delayed?
飛行機はだいたいどのぐらい遅れますか？

A7

別哭了。我們很快就會再見面的。

別哭了。我们很快就会再见面的。

bié kū le wǒ men hěn kuài jiù huì zài jiàn miàn de

Don't cry. We will meet again very soon.

泣かないでください。もうすぐまた会えますよ。

A8

我們保持聯絡。
➡ 後會有期

我们保持联系。
➡ 后会有期

wǒ men bǎo chí lián luò
(wǒ men bǎo chí lián xì)
➡ hòu huì yǒu qí
　　(hòu huì yǒu qī)

We'll keep in touch.
➡ meet again some day

また連絡しますね。
➡ いつか会いましょうね

A9

一路順風。
➡ 路上小心

一路顺风。
➡ 路上小心

yí lù shùn fēng
➡ lù shàng xiǎo xīn
　　(lù shang xiǎo xīn)

Have a safe trip home.
➡ Take care.

お気を付けて。

生肖 shēng xiào The Signs of the Zodiac in Chinese Astrology 干支			
鼠	Rat	馬	Horse
shǔ	ねずみ	mǎ	うま
牛	Ox	羊	Goat
niú	うし	yáng	ひつじ
虎	Tiger	猴	Monkey
hǔ	とら	hóu	さる
兔	Rabbit	雞	Rooster
tù	うさぎ	jī	とり
龍	Dragon	狗	Dog
lóng	たつ	gǒu	いぬ
蛇	Snake	豬	Boar
shé	へび	zhū	いのしし

星座 xīng zuò Horoscope 星座			
牡羊座	Aries	天秤座	Libra
mǔ yáng zuò	おひつじざ	tiān píng zuò	てんびんざ
金牛座	Taurus	天蠍座	Scorpio
jīn niú zuò	おうしざ	tiān xiē zuò	さそりざ
雙子座	Gemini	射手座	Sagittarius
shuāng zǐ zuò	ふたござ	shè shǒu zuò	いてざ
巨蟹座	Cancer	魔羯座	Capricorn
jù xiè zuò	かにざ	mó jié zuò	やぎざ
獅子座	Leo	水瓶座	Aquarius
shī zi zuò	ししざ	shuǐ píng zuò	みずがめざ
處女座	Virgo	雙魚座	Pisces
chù nǚ zuò	おとめざ	shuāng yú zuò	うおざ